이수태 에세이
어른 되기의 어려움

어른 되기의 어려움

2012년 6월 25일 초판 1쇄 발행

지은이 이수태
펴낸이 이문수
교정·편집 이만옥
펴낸곳 바오출판사

등록 2004년 1월 9일 제313-2004-000004호
주소 서울시 마포구 서교동 247-17 신한빌딩 303호(121-896)
전화 02)323-0518 **문서전송** 02)323-0590
전자우편 baobooks@naver.com

ISBN 978-89-91428-11-9 03810

* 값은 뒤표지에 있습니다.
* 잘못 만든 책은 바꿔드립니다.

이수태 에세이
어른 되기의 어려움

삶과 책에서 길어올린, 한 평범한 생활인의 성찰과 성장의 기록들

이수태 지음

머리말

　나의 첫 에세이집 『어른 되기의 어려움』이 세상에 모습을 드러낸 지도 어언 10년이 지났다. 그동안 이 작은 책은 분에 넘치는 사랑을 받아 왔다. 여러 언론이나 평단의 주목도 과분할 정도로 받았지만 무엇보다 잊을 수 없는 것은 이름 없는 다수의 독자들이 보내준 조용한 갈채였다. 갈채는 원래 조용할 수가 없는 것이다. 그런데 그것이 조용했다고 하는 것은 독자들이 나의 글로부터 받은 느낌이 대개는 개별적이고, 내밀하고, 무언가 규정하기 어려운 것이었음을 말해 주고 있다.

　독자들의 반응은 크게 두 가지였다. 그중 하나가 "이 책은 많은 것을 생각하게 해준다"는 것이었다. 처음에는 한두 사람의 무심한 독후감으로 생각했으나 여러 사람들로부터 같은 이야기를 듣게 되자 그것이 무엇을 의미하는지 생각해 보지 않을 수 없었다. 많은 것을 생각하게 해준다는 것은 그 자체만으로는 단순한 사실에 불과할 수도 있다. 그러나 오래 그런 이야기를 접해 온 지금은 외람되지만 그것을 더할 나위 없이 긍정적인 평가로 받아들이고 있다. 나의 글이 가진 모종의 특징이 독자들을 사유의 종점이 아닌 시점으로 유도하였고, 그것이 독자들에게는 그 반대의 경우에 비해 정신을 더 낯설고 황량한 데로 내모는 특별한 느낌을 안겨주지 않았나 생각하기 때문이다.

다른 하나는 "이 책은 내 안에도 있던 것, 내가 늘 그려내고 싶었지만 그리지 못하고 있던 것을 그리고 있다"는 반응이었다. 상대적으로 젊은 층에서는 "저자는 필시 나와 같은 체질의 사람일 것 같다"는 보다 직접적인 표현도 있었다. 이 역시 매우 특이한 지적이었지만 나는 처음 들었을 때부터 이런 이야기가 싫시 않았다. 내가 그려낸 세계가 단지 나만의 세계가 아니라 비록 소수이기는 하지만 어딘가에서 숨죽이고 있던 동류의 사람들과 함께할 수 있는 세계라는 사실은 은밀한 기쁨이기도 했다.

그래서 나는 조용한 갈채라는 느낌을 받았던 것 같다. 그리고 그것이 요란한 갈채가 아니었던 것을 다행스럽게 생각한다. 소리가 났더라면 그것은 무언가 다른 것이 되었을 것이다.

2009년에 판형을 사륙판으로 바꾼 재판이 나왔었기 때문에 이번의
출간은 3판이 되는 셈이다. 묵은 원고를 다시 읽으며 나는 10년이라는
세월의 간격을 절감했다. 지금도 간간이 글은 쓰고 있지만 10년은 나
도, 나의 글도 바꾸어놓았음을 인정하지 않을 수 없었다. 그것은 안타
깝고 그립고 또 쓸쓸한 느낌이었다. 세상도 그 속의 독자들도 역시 10
년의 나이테를 더 둘렀을 텐데 이 오래된 글들이 어떤 모습으로 다가
갈지 자못 궁금하다. 아무쪼록 나는 아직도 나의 글들이 자본의 암울한
밤을 지나고 있는 이 땅의 많은 사람들에게 여러 가지 생각을 안겨줄
수 있기를 바란다. 그리고 가물가물 잊혀져가는—그러나 결코 잊어서
는 안 될—우리들 기억의 어느 층위를 건드려줄 수 있기를 바란다.

2012. 5.

이 수 태

여기에 모아놓은 글들은 몇 편을 제외하고는 대부분 최근 수년간에 쓴 것들이다. 그동안 이런 종류의 글을 써본 적이 없다가 늦바람처럼 쓰기 시작한 글이 모여 곧 한 권의 책이 된다 하니 한편으로는 쑥스러운 마음이 없지 않다.

써놓은 글들을 펼쳐놓고 보니 그동안 내가 무척 윤리적인 과제에 매달려 있었구나 하는 것을 새삼 깨닫게 된다. 나는 체질적으로 음풍농월의 취미가 없고 옛 추억의 즐거움을 잘 모른다. 비록 나의 글에 무척 많은 10대, 20내의 성장기석 체험이 들어 있기는 하지만 자세히 읽어보면 그것이 단지 지난날의 아름다운 추억이기 때문에 회고되는 것은 아님을 알 수 있을 것이다. 윤리는 나의 본능적인 중심잡기 속에, 인간과 세상을 나름대로 바라보고 이해하려 했던 희원 속에 살아 있었던 것 같다. 그것이 미약한 것은 부끄럽지만 그 고삐를 놓치지 않았던 것은 자랑스럽다. 그리고 독자들도 나의 물렁한 글 속에서 그 단단한 윤리의 세계를 어느 정도 감지할 수 있었으면 좋겠다.

그 점과 동시에 느끼지 않을 수 없는 것이 나의 그 윤리적 세계가 매우 소극적인 차원에 머물러 있다는 사실이다. 나는 적극적인 것이 어떤 것인지를 대충 알고 있고 또 그런 이름으로 불리는 인간 행태도 볼 만큼은 보았다고 생각한다. 그러나 그 대부분은 나를 실망시켰고, 그 결과 나는 우리 시대의 적극성 자체를 점점 불신하게 된 것 같다. 그래서 내가 희망하는 것은 단지 소극적인 것, 말하자면 기다리는 것, 잠들지 않고 깨어 있는 것 정도에 불과하다. 그것만으로도 솔직히 나는 벅차고 감당이 안 된다.

이 글들에서 나는 평이한 에세이 형식에 삶의 중요한 논점들을 자연스럽게 담아내는 것이 가능한지 시험해 보았다. 그러므로 그 형식이 평이하기 때문에 그 논점도 하찮게 취급되는 것은 부당한 것이라 생각한다. 그러나 논점을 다루는 형식이 아직도 공연히 일반 독자들의 접근을 어렵게 하는 면이 있다면 그것은 나의 유치한 현학 취미가 채 가시지 않은 탓이라 할 수 있다. 그 점은 '어른 되기의 어려움' 중 하나로 생각하고 끊임없이 고쳐갈 것을 다짐한다.

2002. 1.

이 수 태

희미한 옛사랑의 그림자

사라져가는 말들

작은 손해를 감수하는 일

고요한 시간

희미한
옛사랑의
그림자

우리는 똑같은 세상을
보고 있는 것이 아니다

우리는 똑같이 아홉 시 텔레비전 뉴스를 보고, 똑같은 세상 소식을 듣고, 똑같은 물가상승과 패션의 변화 속에 살고 있지만 이 세상을 똑같이 보고 있지는 않다. 우리가 세상을 보는 시각은 서로 다르고 그 다른 시각에 따라 완전히 다른 세상이 존재한다는 것을 인정할 필요가 있다.

상상해 보라! 내가 권태롭고 짜증나고 무의미하다고 생각하는 세상, 혹은 돼먹지 않고 엉망진창이고 구제불능이라고 생각하는 세상을 지금 이 순간 어느 누군가는 다른 시각을 통해 의미와 섭리로 가득 찬, 우리에게 위대한 계획을 보여주고 있는, 그리하여 우리가 가야 할 길이 그 가운데에 뚜렷이 가로놓여 있는 세상으로 보고 있을 수도 있는 것이다.

우리가 아무 생각 없이 세상을 살아서는 안 된다는 것, 지혜와 안목을 얻기 위해 생사를 걸고 발분해야 한다는 것도 바로 그 때문이다. 우리는 생각함으로써 엄청나게 다른 세상을 살 수 있는 것이다.

이사 유감 1

나와 비슷한 연배의 직장생활자라면 초라하게 시작했던 신혼살림이 한 차례 이사를 할 때마다 조금씩 모양새를 갖추어가던 과정을 기억할 것이다. 셋방살이가 마이홈으로, 작은 평수가 큰 평수로……. 그리고 그 사이에 무릎 아래에서 놀던 아이는 자라 어느새 아비를 굽어보고 처는 눈가에 잔주름이 오종종하다. 그것을 그저 삶의 애환이라고 가볍게 정리할 수도 있겠지만 이번의 이사는 도무지 가볍게 정리되지가 않는다.

출근시간만 꼬박 한 시간 반을 잡아먹던 신도시 생활을 6년 만에 청산하고 우리 가족은 서울의 내로라하는 아파트 타운에 입성하였다. 비록 살던 집을 전세 놓고, 전세로 입주한 집이지만 이 집은 자그마치 서른두 평이나 된다. 손님이라도 맞을라치면 교자상을 제대로 펴지 못했던 저번 집에 비하면 이 아파트의 거실은 운동장만해 보인다.

처음 그것은 하나의 변화에 불과했다. 그러나 이사의 북새통으로 모든 감각이 얼얼하기만 하던 한 달이 꼬박 지나고 내가 이 변화의 진정한 의미에 접한 것은 이사 다음날 퇴근을 하고 돌아왔을 때였다. 나는 장미 전구 여섯 개가 대낮같이 밝히는 이 낯선 집이 도무지 심란했다. 그 때문에 별것도 아닌 것을 가지고 처에게 버럭 화까지 내었다. 생각하면 그것은 서른두 평 아파트로 표현되는 이 애처로운 삶의 지표를 내가 받아들이고 있다는 사실에 대한 모멸감 때문이었다. 경제수석이 된 K모 교수는 지금껏 노모를 모시고 열다섯 평 아파트에서 자적하며 살았더라는 신문기사가 가슴 한 구석에 가시처럼 와 박혔다. "내게는 무언가를 소유한다는 것이 범죄처럼 여겨진다"던 간디의 말이 등 뒤를 따른 것은 사실 그보다도 훨씬 전, 계약서에 도장을 찍던 때부터였다.

오십이 다 된 나이에 요만한 생활에서 부담을 느낀다는 것은 단지 나의 소심 탓이라고 애써 마음을 추슬러보기도 하지만 긴 베란다 유리창에 드리워진 젖빛 블라인드며 아이놈이 신기하단 듯이 눌러대는 도어폰은 나의 범죄를 입증하는 요지부동의 장물臟物처럼 보인다.

아내여, 이해해 줄 수 있겠는가? 내가 저 곰팡내 나는 내 짐보따리를 일주일이 지나도록 풀지 않고 있는 데에는 나의 게으름도 게으름이지만 이 서른두 평 안에 나의 모든 것을 볼모 잡히지 않으려는 마지막 버티기도 있다네. 안방에 딸린, 당신이 그토록 정성 들여 닦아놓은 조그마한 화장실을 내가 구태여 외면하는 데에도 역시 그런 무력하고, 서글프고, 모순된 안간힘이 있다네.

이사 유감 2

　3년 만에 나는 다시 이사를 했다. 집주인이 집을 파는 바람에 어쩔 수 없이 이루어진 것이기는 하지만 이번에는 엄청나게 오른 전세값 덕분에 오히려 집을 사는 대역사大役事과 함께 진행된 이사였다. 하긴 집을 산 것이 이번이 처음은 아니다. 10여 년 전 산본 신도시에 조그마한 국민주택을 분양받아 입주를 했었으니 집을 사는 것은 이번이 두 번째다. 그러나 당시는 오랜 기간에 걸친 주택청약저축에서부터 시작하여 분양이라는 절차를 거치고 그러고도 2년인지 3년인지를 중도금을 꼬박꼬박 내며 기다리다가 장기저리의 주택자금까지 융자받아가며 입주하였으니 나름대로 주생활住生活에 걸맞는 통과의례를 거친 셈이다. 그러나 이번의 주택 매입은 그에 비하면 전광석화처럼 이루어진 장사꾼의 매매 바로 그것이었다.

말하자면 돈을 주고 물건을 사는 것이다. 뻔한 것이기는 하지만 이 짓을 한번 해보고 나니 나도 사유재산 제도가 인정되는 자본주의 체제의 한 시민임을 새삼스럽게 느끼게 된다. 고층 아파트의 16층 베란다에서 탁 트인 전망을 바라보고 있으면 나도 저 액션 영화에서 은행을 성공적으로 털고 초호화 비치호텔에서 돈다발을 던져 올리며 쾌재를 부르는 멋진 갱스터의 마음을 느낀다.

그런데 갱스터 치고는 확실히 조무래기인 모양이다. 아무도 죽이지 않았는데 나는 손에 피를 묻힌 느낌이 든다. 그리고 어느 곳에선가 나를 추적하는 FBI의 발걸음 같은 것이 느껴진다.

확실히 그렇다. 꼭 집을 산 것뿐만 아니라 낡은 집을 수리하여 입주하는 과정에서 나를 지속적으로 사로잡고 있던 것도 내가 무언가를 저지르고 있다는 흉흉한 느낌이었다. 단지 너무 넓은 면적을 차지한다는 이유만으로 10년 이상 키워온 못생긴 소철의 모가지를 부엌가위로 비틀어 잘랐을 때, 또 18년 동안 써온 장롱을 붙박이 벽장으로 교체하기로 결정한 다음날 아침, 놀이터 옆 공터에 다른 폐자재들과 함께 머쓱하게 서 있는 낯익은 장롱을 보았을 때, 나는 내가 파괴와 착취와 살육의 현장에 있다는 것을 새삼 깨달았다.

생각하면 우리의 이 평온한 일상은 바로 그런 파괴와 착취와 살육의 나날들이다. 어쩌면 환경주의자들은 이 점을 이해할 것이다. 우리의 평화는 이미 평화가 아니다. 우리의 번영도 번영이 아니고 우리의 세련됨도 이미 세련됨이 아니다. 우리는 거대한 '……척pretend' 속에 살고 있다. 너무 오래 ……척하느라 ……척한다는 사실마저 잊을 지경이 된 것이 바로 이 자본의 밤이다.

이사는 나의 이 망각을 일깨워주었다. 모든 방면에서 잠시 모든 것이 흔들리는 계기가 주어졌다. 이를테면 가족, 그렇고 그런 남편과 역시 그렇고 그런 아내와 세상 모르는 자식놈으로 구성된 나의 가족도 이사를 하면서 잠시 밑바닥을 보였다.

붙박이 벽장을 사기로 했는데 내가 왜 화난 것처럼 묻는 말에 대답도 않고 있는지 아내는 몰랐을 것이다. 그러니 씻지도 않고 자버린 이유를 더더욱 알 턱이 없다. 바가지를 긁어대어도 이날만은 버티었다. 가구점 사내가 견적 뽑는 말을 듣고 광실이가 옆에서 "와!" 하며 혀를 내두르는 소리를 듣고 이 아이에게 미안했던 것도 밤새 골난 것처럼 꼬부리고 잔 이유 중의 하나다. 이 아이의 아버지는 가난한 시골 동네의 목사님인데…… 아이에게 행여 상처나 주지 않았을까…… 전전긍긍.

그러나 문제는 여전히 나다. 아내는 솔직히 핑곗거리고 애매한 희생이다. 오히려 이것저것 더 때깔 좋은 것을 고르기 위해 을지로 건자재 가게를 누비고 다녔던 내 꾸부정한 꼬락서니를 생각해 보면 이 온갖 범행의 진정한 주범이 누구인지가 자명해진다.

이제 이사가 끝나고 전쟁이 끝난 것처럼 다시 평화가 찾아들었다. 모든 물건들이 다 제자리를 차지하고 미처 정리하지 못한 것이라고는 책꽂이 하나를 폐기하느라고 안방 침대 발치에 그저 쌓아둔 몇백 권의 책뿐이다. 곧 정리될 것 같더니 뾰족한 대책이 나오지 않아 벌써 며칠째 저렇게 쌓여만 있다. 그 모양이 꼭 전쟁이 지나간 평화로운 들판의 전쟁 잔해와도 같다. 수일 내에 저것도 정리가 될 것이다. 그러면 모든 것이 아문다. 파괴와 착취와 살육을 안고 베이지색과 체리색으로 말끔하게 도장된 평화를 누리며 우리의 어설프게 짜인 가족도 아무 일도 없었다는 듯이 저 위장된 일상의 늪에 빠질 것이다.

그래도 잠시 우리 존재의 밑창을 본 것이 수확이라면 수확이다. 또 김수영의 잡힐 듯 잡힐 듯 잡히지 않던 난해시 「식모」가 이 한바탕 전쟁 끝에 잡힌 것도 역시 수확이다.

식모

그녀는 盜癖이 발견되었을 때 완성된다

그녀뿐이 아니라

나뿐이 아니라 賤役에 찌들린

나뿐만이 아니라

여편네뿐이 아니라 안달을 부리는

여편네뿐만이 아니라

우리들의 새끼들까지도

아무것도 모르는 우리들의 새끼들까지도

그녀가 온 지 두 달 만에 우리들은 처음으로 완성되었다
처음으로 처음으로

나의 초라한 반자본주의

나는 "아니 아직도 전화가 없는 집이 있나요?" 하는 소리를 몇 차례나 들은 다음에야 집에 전화를 놓았다. 물론 오래 전의 일이다.

또 "요즈음도 흑백 TV를 보는 집이 있나요?" 하고 신기하단 듯이 반문하는 소리를 수없이 듣고서야 컬러 TV를 샀다. 지금 보고 있는 20인치 TV도 조그마한 화면을 보다 못해 어느 친척이 반강제로 들여놓아 준 것이다. 그린데 이제는 아내의 성화 끝에 컨테이너만큼이나 크게 느껴지는 냉장고까지 들여놓고 컴퓨터로 인터넷 세상까지 기웃거리고 있으니 나도 별 수 없이 세상의 변화와 문명의 이기를 줄레줄레 따라가고 있는 셈이다.

어차피 거부하지 못하고 따라갈 바에야 코뚜레 꿰어 끌려가듯 따라가기보다 그런 변화와 박자를 맞추어가며 사는 것이 낫지 않느냐는 이야기가 나올 법도 하다.

내가 아직 그렇게 하지 못하는 것은 우선은 천성 탓이라고 생각한다. 그러나 주변의 사람들로부터 "아직도……" 어쩌고 하는 소리를 들을 때에는 말하는 사람과 나 사이에 약간의 단층이 형성된다. 그때의 심리를 스스로 들여다보면 거기에는 단지 천성의 문제만으로 돌려버릴 수 없는 것이 있음을 느낀다. 아내는 그것을 나의 고집이라고 말하지만 나는 오히려 그것이 어떤 악의나 적개심 같은 것에 가깝다고 생각한다. 완화하여 말하더라도 무슨 도발심리가 분명히 있는 것이다.

그래서 그런지 온 세상이 다 알 만한 저명인사의 집에 갔더니 삼십 년이나 쓴 귀 떨어진 소반을 여직도 쓰더라던가, 이백오십 리터짜리 구형 냉장고가 아직도 있더라던가 하는 이야기를 들을 때에는 나는 어린 아이처럼 감동한다. 이 감동이 또한 단순한 감동이 아니라 식민지 시대의 무력한 백성이 독립군 이야기에 가슴 설레는 것처럼 불령不逞한 배경을 가지고 있다.

그러나 어쩔 것인가. 나는 아직도 완강히 핸드폰 사용을 거부하고 있는데 누군가는 요즈음은 핸드폰이 없다는 것은 예의가 없는 것처럼 취급될 소지가 있다고 넌지시 일침을 가한다. 그러고 보니 벌써 세상은 수년 전만 해도 최신품이던 핸드폰 사양을 무슨 골동품처럼 취급하고 있지 않은가.

그래도 나는 아직 버티고 있다. 이 버팀이 오래가지 못할 것을 알지만 그래도 버티는 데까지는 버티어보려 한다. 이것이 나의 초라한 반자본주의다.

그러나 그것이 무엇을 어떻게 한단 말인가! 내가 핸드폰을 사용하지 않고 있어도 이동통신회사는 엄청난 돈을 벌고 있다. 내가 땅 위에서 펄쩍 뛰었다가 내려앉는다 하더라도 지구의 공전 속도를 조금도 늦추지 못할 것이다. 그러니 게임은 애초부터 성립이 되지를 않는 것이다.

다만, 실로 다만, 이 게임이 되지 않는 게임에서, 버티지도 못하고 질질 끌려가면서, 내가 생각하는 것은 이제 사회주의도 무너져 내린 세상에서 이 앞뒤 막힌 문명의 몰골을 조금이라도 제 모습대로 보자면 요만한 거리라도 가져야 할 것 같다는 것이다. 구차하지만 요만한 거리가 또 무슨 아득한 미래에 올 또 다른 세상을 바라볼 때에 혹시 발판 구실 같은 것이라도 하지 않을까 하는 가당치 않은 몽상에 젖이시…….

희미한 옛사랑의 그림자

　장기체납금 해소를 위한 출장독려를 전 직원에게 지시해 놓고 나는 우선 나부터 관할구역 내에서 가장 못사는 동네 한 군데를 선정했다. 관내 실정을 둘러본다는 부수적인 목적도 있었다. 징수담당 직원이 뽑아준 자료를 들고 오후 늦은 시간에 버스를 타고 찾아간 동네에는 비가 약하게 뿌리고 있었다. 간선도로변은 그런대로 상가 건물이 수도권 외곽의 체면을 차리고 있었으나 한 발짝 안으로 들어갔더니 땟국이 조르르한 동네의 초라한 모습이 이 지역의 애환을 말해 주고 있었다. 한 손에는 우산을 들고 한 손에는 서류봉투를 끼고 지적도를 펼쳐가며 집을 찾는 일은 그렇게 용이한 것만은 아니었다. 처음 찾아간 곳은 연립주택이었다. 낙서와 스티커로 얼룩진 벽면이며 유리가 다 깨져나간 현관 출입문, 어지럽게 흩어져 있는 우편물들이 이런 곳의 공통된 표정이었다.

만나려고 한 사람은 살고 있지 않았다. 주민등록만 되어 있을 뿐 어디론가 떠돌고 있는 것 같다는 말만 들었다.

두 번째로 찾아간 집은 단독주택이었다. 대문은 부서져나간 지 오래되었고 엉성한 벽돌담에 호박넝쿨이 무성했다. 한참 문을 두드리고 불렀더니 서른 중반쯤 되어 보이는 여자가 부스스한 낯빛으로 문을 열고 나왔다. 나는 J라는 사람이 살고 있는지를 물었다.

“글쎄요. 세든 집이 여러 집이고 이름들은 잘 몰라서…….”

세입자들은 대부분 반지하층에 방 한 칸씩을 얻어 살고 있었다. 나는 가지고 온 자료를 통해 가족사항과 연령 등을 말해 주었다. 여자는 갸우뚱하더니 뒤안 쪽 지하층에 사는 가족이 있는데 그 집 같다는 것이었다. 그리고 지금은 아무도 없을 것 같은데 한번 가보라고 했다.

나는 담을 따라 좁은 뒤안의 맨 끝에 있다는 방을 찾아갔다. 연탄가루에 절은 계단 아래 반지하층의 출입문은 굳게 잠겨 있었다. 유리문 안은 검은 어둠으로 괴괴했다. 두어 번 문을 두드려 보았지만 응답이 없었다. 문 밖에는 녹슨 프로판 가스통이 놓여 있고 그 주변에는 떨어진 신발 등 잡동사니들이 누추하게 쌓여 있었다.

나는 다시 돌아와 한 번 더 그 여자를 만났다. 장기체납 세대의 생활 실태를 조사하기 위해서였다. 이번 호별 방문은 체납금 납부 독려의 의미도 있지만 부담능력 부족 세대를 조사하여 오래된 체납금의 일부를 결손처리하는 것도 포함되어 있었던 것이다. 직업이 무엇인지, 어떻게 사는지 꼬치꼬치 묻자 여자는 난감한 표정을 지었다. 취지를 설명해서 약간 긴장을 풀어주자 여자는 그제서야 말문을 열었다.

"술집에 나간다는 것밖에는 몰라요. 딸 아이 하고 조카인 것 같은 여자 아이 하나와 살고 있는데 좀처럼 얼굴을 보지 못해요."

살기가 어려워 보이느냐고 나는 마지막 질문을 던졌다. 내가 생각해도 요령부득의 질문이었다.

"집세가 밀리고 있으니 아무래도 그렇다고 봐야겠지요."

너덧 세대를 더 돌고 났을 때에는 이미 날이 저물고 있었다. 모두들 영락한 삶을 사는 세대들이었다. 기분이 묘했다. 처연하다는 느낌과 흔연하다는 느낌이 동시에 들었다. 처연한 느낌은 당연하다 하더라도 왜 흔연한 느낌이 드는지는 스스로도 언뜻 이해가 되지 않았다. 한참 자신의 느낌을 반추한 후에야 나는 그 흔연함이 온갖 잉여에서 발생하는 저 느끼한 군더더기와 가식이 배제된, 삶의 원초적 모습에서 오는 것임을 어렴풋이 짐작하게 되었다.

돌아가는 버스 안에서 나는 만나지 못하고 온 그 단독주택의 괴괴한 어둠 속에 사는 가족을 생각해 보았다.

혹시나……. 같은 이름의 J라는 아이가 있었다. 그때 그 아이의 나이가 몇 살이었는지는 모르겠다. 중학교 3학년이었지만 대개 아이들은 제 또래 아이들보다 한두 살, 많게는 너덧 살씩 더 많았다. 정규 중학교를 진학하지 못한 아이들이 모이는 야간 직업학교였다. 졸업장도 주어지고 졸업식도 했지만 학력은 인정받지 못했기 때문에 고등학교에 진학하려면 검정고시를 쳐야 했다.

그 학교에서 아이들을 가르치기 시작했을 때 나는 스물두 살의 철없는 대학생이었다. J라는 학생이 내 눈에 뜨인 것은 우선 그 외모 때문이었던 것은 사실이다. 주로 공장에 다니거나 신문팔이 등으로 부모가 챙겨주지 못하는 몫을 스스로 행하던 초췌한 아이들 가운데에서 그 아이의 첫 모습은 전혀 가난한 집 아이 같지 않았다. 옷매무새나 얼굴, 눈빛 그 어니에도 가난이 엿보이시 않았다. 그것이 묘한 느낌을 주었다.

한번은 백일장을 연 적이 있었다. 나는 국어를 가르쳤기 때문에 아이들의 작품을 심사했다. 그 아이가 쓴 글은 그 또래의 아이들이 흔히 그리기 쉬운 자신의 장밋빛 미래에 관한 것이었다. 자신의 방을 장차 어떤 빛깔로 하고 정원은 어떻게 가꾸며 베란다에는 어떤 화초를 키우고 등등의 것이었다고 기억된다. 말하자면 유치한 것이었다. 그러나 아이의 가난이 그것을 유치하게만 볼 수 없게 했다. 중학교 학비가 얼마라고 그것마저 마련할 길이 없는 가정의 아이에게 그 꿈은 유치한 꿈이 아니라 한스럽고 간절한 꿈일지도 모른다고 나는 생각했다. 나는 그 아이의 작품에 2등상을 주었다.

여름방학 때에는 학교신문을 만드는 일에 동원이 되었다. 그러면서 아이가 조금씩 나를 좋아하고 있다는 것을 눈치 채게 되었다. 나의 표정과 말 한마디 한마디에 아이는 민감한 반응을 보이고 있었다. 그 때문에 나는 의식적으로 거리를 두고 대했다. 나는 학교 가까운 곳에서 친구들과 자취를 하고 있었기 때문에 한두 번 그 아이가 친구들과 놀러 왔던 것이 기억난다.

아이는 졸업을 했고 다행히 어떤 야간고등학교에 입학을 하였다. 나도 신촌으로 하숙을 옮긴 사정 때문에 약 2년간 해오던 직업학교 일을 그만두게 되었다. 그후 어떤 경로로 나는 그 아이를 만나 영화를 함께 보게 되었다. 거리를 두던 나로서는 선뜻 할 수 없는 일이었지만 학교에 다니던 때에 농담처럼 한 번 던졌던 약속을 이행하지 않을 수 없는 상황이 되었던 것이다. 대한극장에서 상영하는 〈남태평양〉을 보고 우리는 어색하게 충무로를 걸어가고 있었다. 문득 아이가 보도블록에 눈길을 박은 채 질문을 했다.

"선생님은…… 고생을 해보신 적이 없지요?"

그것은 질문이라기보다 고백에 가까웠고 어쩌면 시위 같은 것이기도 했다. 어쨌든 나로서는 아픈 질문이었다. 아버지가 고생을 하신 덕분에 정작 나는 고생을 모르고 자랐다. 아무래도 그런 면모가 아이의 생래적인 육감 앞에서 감추어지지 못했을 것이다. 아마 나는 몇 가지 반문으로 그 질문에 대한 답변을 회피하였을 것이다. 그날에야 나는 아이로부터 형광등을 만드는 공장에 다닌다는 것, 육남매인가 칠남매 중의 맏딸이라는 이야기를 들을 수 있었다. 얌전하고 차분해 보이는 외모와는 달리 아이는 대단히 직정적直情的이고 서슴없는 데가 있었다.

그후 몇 차례 전화가 왔다. 그리고 추석을 앞둔 어느 날 아이는 "시골에 내려가지 않고 혼자 계시면 심심하실 텐데 하숙집에 놀러가겠다"고 거의 일방적으로 연락을 취해왔다. 만류했지만 소용이 없었다. 학교 바로 뒤에 하숙을 하고 있었기 때문에 나는 학교 캠퍼스에서 만나기로 하였다.

명절을 맞아 더 넓고 조용해진 캠퍼스는 가을로 가득 차 있었다. 멀리 눈부신 추색 사이로 아이의 모습이 다가오고 있었다. 한복으로 성장盛裝을 하고 자랑스런 웃음을 띤 아이는 완연한 여인의 모습이었다. 아마 아이는 그렇게 보이고 싶었을 것이다.

캠퍼스 뒤편의 야트막한 등성이 사이로 난 오솔길을 따라 우리는 함께 하숙집으로 향했다. 어색한 침묵 그리고 어울리지 않는 질문과 대답이 단속적斷續的으로 이어졌다.

하숙집에 도착하자 아이는 정성 들여 포장한 청주 한 병을 추석 선물이라며 내놓았다. 그리고 이런저런, 지금은 기억나지 않는 이야기들을 나누었다. 함께 기거하는 룸메이트 녀석이 빙글거리는 웃음을 띠고 실없는 농담을 하다가 아이에게 일침을 맞던 기억도 난다.

아이가 돌아가고 얼마 후 편지가 왔다. 감정을 숨기지 않은, 그리고 자신의 희망을 분명히 밝힌 편지였다. 예상을 못했던 것이 아니면서도 나는 당황했다. 그리고 며칠 고민을 하다가 답장을 보냈다. 내용은 구체적으로 기억나지 않는다. 다만 그럴 수 없다는 내 입장을 분명히 밝힌 편지였다. 나는 스물넷에 지나지 않았고 그 아이가 원하는 관계를 받아들일 어떠한 마음의 준비도 없었다. 얼마 후 나는 군에 입대하였다.

출근하자마자 나는 전날 방문하였던 세대의 대부분에 대하여 결손처분조서를 작성하였다. 조사 결과를 비교적 상세하게 전산입력하면서 나는 다시 한번 그 단독주택 지하층의 검은 유리문 안에 살고 있다는 J라는 여자를 생각해 보았다. 아주 귀한 이름도 아니기 때문에 그 여자가 그 옛날의 J일 가능성은 거의 없었지만 나는 어쩌면 그 여자가 정말로 그때의 J일 수도 있다는 느낌이 자꾸 들었다.

아니 실제 그 아이라는 가정을 바탕으로 상상력이 제멋대로 뻗어나갔다. 결혼을 해서 아이를 낳고 마음이 맞지 않는 남편과는 결국 이혼을 하고 영락한 삶을 수도권 외곽의 한 싸구려 단독주택의, 뒤안을 한

참 돌아가는 지하층의 음습한 어둠에 맡긴 그 아이. 이젠 더 이상 아이가 아닐 그 아이의 막막한 삶을 내가 우연히 마주치게 되는 가정을 나는 왜 자꾸만 해보게 되는 걸까?

몇 주가 지났다. 어느 날, 창구담당 여직원이 마침 사무실 라운딩을 하고 있던 나에게 다가왔다.

"저 이분 체납금에 대하여 직접 결손처분 의견을 올리셨데요?"

한 민원인이 체납금을 납부하러 왔는데 전산확인 과정에서 내가 올린 결손처분 의견을 본 모양이었다. 받아든 독촉장에는 J라는 이름이 인자되어 있었다. 규정상 결손처분 의견을 올린 것만으로는 자진하여 가지고 온 체납금을 받지 않을 수 없었다. 나는 받을 수밖에 없다고 이야기했다.

"그냥 결손처분으로 가면 안 되나요?"

여직원의 눈에서 동정의 빛을 엿볼 수 있었다. 술집에 나가고 집세도 밀리고 있다는 기록이 이 마음씨 고운 여직원의 심금을 건드렸을 것이다. 그래도 어쩔 수 없었다. 안타깝다는 표정을 지어 보이며 돌아간 여직원이 당사자에게 무어라고 설명을 하고 있는 사이에 나는 늘어진 대추야자 사이로 그 여자를 훔쳐보았다. 생각보다는 젊어 보였다. 물론 J는 아니었다. 술집에서 술을 따르는 모습을 상상하기는 조금 어려운, 평범하고 가냘픈 체구였다. 그 검은 유리문 틈서리에 내가 꽂아두고 온 방문통지서가 그녀를 압박하였음에 틀림없었다. 미안한 마음이 들었다. 그러나 환한 빛살 가운데에서 보는 그녀의 모습은 내가 그 괴괴한 어둠에서 받았던 처연한 느낌을 상당 부분 상쇄시키고 있었다. 그녀가 돌아가고 나도 내 방에 돌아와 앉았다. 창밖 멀리, 장마 예감이 깃든 하늘 아래 성주산의 녹음이 우거질 때로 우거져 있었다.

이제 더 이상 그 검은 유리문의 괴괴하던 어둠 속에서 그 아이를 연상할 필요는 없었다. 대신 모든 것이 다시 구체성을 잃고 떠돌게 되었다. 그 아이는 어떻게 되었을까? 그 지긋지긋한 가난을 떨칠 수 있었을까? 아니면 아이를 낳고 마음이 맞지 않는 무능한 남편과도 이혼하고 내가 모르는 또 어떤 어둠 속에서 영락의 삶을 살고 있을까? 그 아이가 그렸던 장밋빛 꿈, 그림 같은 정원과 피튜니아가 놓인 단아한 베란다의 삶은 그녀의 현실이 되었을까? 아니면 이루지 못한 꿈으로 남았을까? 혹 그 꿈마저 사그라들어 잿빛의 침묵이 되고 말았을까?

"선생님은…… 고생을 해보신 적이 없지요?"

어느 낯선 곳에서 이제 더 이상 아이가 아닌 그 아이가 아직도 그 말의 한스런 여운 속에 잠겨 있지는 않을까? 저는 고생을 했어요. 이 어린 나이에 저는 고생을 하고 있어요. 그리고 어쩌면 앞으로도 거기에서 벗어나지 못할지도 몰라요. 선생님은 고생을 해보신 적이 없지요? 저와는 다른 세상에서 살고 계시지요? 그래서 그런 단호한 답장을 보내셨지요?

굳게 잠긴 유리문과 그 유리문 안의 괴괴하던 어둠은 이제 그 모습 그대로 하나의 거대한 추상이 되고 말았다. J의 그 초롱초롱하던 눈빛과 성장을 하고 여인의 모습으로 환하게 다가오던 그 가을날의 모습과 흐릿한 불빛 아래 전기부품들을 꿰어 맞추던 어린 손놀림과 혹은 붉은 잔을 엎지르고 쓰러질 듯 비틀거리는 모습, 그리고 그런 모든 것을 향한 나의 온갖 기억과 상상까지를 하나의 소용돌이로 휩쓸어가는 거대한 블랙홀처럼.

Pierre Gardin?

그날 따라 사무실은 비교적 조용했고 특별히 바쁜 일도 없었다. 내 자리는 사무실 한쪽 끝 창가여서 머리만 들면 사무실 전체가 한눈에 다 들어오는 곳이었는데 사십여 명이 조용히 고개를 숙이고 일하는 모습이 한적하다 못해 좀 권태롭게 느껴졌다. 늦은 오후의 이 정경을 응시하고 있는 다소 피곤한 시야 속에 한 여자아이가 열린 출입문을 통해 조용히 들어오는 모습이 잡혔다. 스무 살이 채 되어 보이지 않는, 별 특징이 없어 보이는 아이였다. 그 아이는 어떤 직원과 잠시 대화를 나누다 다시 조금 안쪽으로 들어와 약간 머뭇거리다가 또 다른 직원에게 무언가 말을 걸었다. 처음에는 무엇 때문에 온 건가 했지만 이 자리 저 자리를 찾아다니는 품이 무슨 물건을 팔러 다니는 것이 분명했다. 이윽고 아이가 내 자리로 왔다.

"아르바이트 하는 학생인데요…….."

대학생 같지는 않았고 고등학교 2학년이나 3학년쯤 되어 보였다. 무언가를 팔러 다니는 사람은 아이든 어른이든 일단 부담스럽다. 지하철에서 무릎에 껌이나 글을 올려놓는 아이들, 혹은 하모니카를 불며 지나가는 장님, 돈광주리를 밀며 기어다니는 하반신 없는 사람, 이 모든 사람들이 부담스럽듯이. 물론 다 부담스런 것은 아니다. 무엇을 팔러 다니더라도 007가방에 야릇한 물건을 잔뜩 넣고 다니는 아저씨나 복사판 시디를 염가에 파는 아주머니에 대해서는 별로 그런 느낌을 갖지 않는 것을 보면 거기에도 어떤 기준이 있는 것 같다. 그러나 어쨌든 그 부담감은 우리가 일상생활에서 그런 사람들에 대한 관심을 결여하고 있고, 평소 그들을 우리 삶의 영역에서 배제하고 있었기 때문에 야기되는 것이라 여겨진다.

아이가 내 책상 위에 올려놓은 것은 양말이었다. 아이의 어린 나이가 내 마음 속에 깃든 예의 그 부담감을 자극하고 있었다. 양말의 상표가 눈에 띄었다.

"삐에르 가르뎅?"

이렇게 팔러 다니는 물건치고는 너무 유명 브랜드라는 느낌이 들었다.

“이거 진짜냐?”

하필 이런 말이! 마음속에 있는 저 부담감이 나의 혀를 보이지 않게 왜곡시키고 있었던 모양이다.

“……저는 잘 몰라요.”

아이는 의외로 무덤덤한 반응을 보였다. 이 무덤덤함이 또 무슨 보이지 않는 작용을 하였을까? 이를테면 나의 그런 태도가 무근거한 것이 아님을 확인시키기라도 해야 한다는 강박적 느낌을 가지게 하였을지도 모른다.

“Pierre Cardin? 삐에르 가르뎅이라고 할 때는 G를 쓰지…… C를 쓰나?”

나는 반문을 하며 아이의 얼굴을 올려다보았다. 아이는 여전히 무표정했다. 그리고 역시 자기는 모른다는 뜻으로 고개를 가볍게 흔들어 보였다. 아이의 그 무표정이 결국 나를 이기고 있었다.

“얼마냐?”

“……만 원이에요.”

세 켤레에 만 원이면 백화점 가격에 비해서야 싸지만 이렇게 팔러 다니는 것으로서는 결코 싼 편이 아니었다. 그러나 가격을 논할 단계는 아니었다. 아이에게 진짜냐고 물었을 때부터 나는 내 말의 위태로운 구도를 돈으로라도 보정하지 않으면 안 될 입장이었다.

지갑에서 만 원을 꺼내주자 아이는 가벼이 머리를 숙여 인사를 하고 떠났다.

아이가 떠나고도 마음의 찌꺼기가 가라앉지 않았다. 왜 쓸데없이 그런 얘기를 했던고? Gardin을 확인해 보려고 사전을 찾은 것은 역시 나의 행동을 절반만큼이라도 정당화하고 싶은 심리에서였을 것이다. 솔직히 Cardin이 맞을 것이라고는 기대하지 않았다. 오히려 되먹지 못한 상혼이 철자 하나를 바꿔치기 하여 순진한 아이를 시켜 돈을 벌고 있다는 오늘의 서 막된 세태를 재확인할 수 있는 기회라는 기대가 있었다. 그래서 아이에게는 야박한 것이었지만 나의 말에 어떤 도덕적 불가피성 정도는 인정될 줄 알았다.

그런데 제기랄, Cardin이 맞았다. 명약관화해 보였던 나의 Gardin은 단지 내 형편없는 무식의 소치였음이 확인되었다. 순간 나의 무식 위에 아이에 대한 나의 되지도 않은 의심이 가중되어 오후를 더 후덥지근하게 만들고 있었다. 그제야 양말을 자세히 보니 "이 제품은 프랑스 Pierre Cardin과 상표제휴에 의해 ○○○○에서 생산된 제품입니다" 하는 문구가 조그맣게 적혀 있었다.

이미 사무실에서 아이의 모습은 보이지 않았다. 나는 소변을 보러가는 길에 복도를 휘 둘러보았지만 아이는 역시 눈에 띄지 않았다. 일부러 화장실의 반대편 출입문으로 나와 건너편 복도로 돌아오며 열린 문 사이로 다른 방을 힐끔거려 보았지만 역시 아이는 어디로 갔는지 보이지 않았다. 다른 층으로 가볼 엄두는 나지 않았기 때문에 나는 내 자리로 돌아올 수밖에 없었다. 다소 참담한 느낌이 들었다.

아주 오래 전, 복잡한 종로에서 어떤 파파 할머니가 내 소맷자락을 잡고 어디로 가려면 어떤 버스를 타야 하느냐고 물은 적이 있었다. 나는 버스 노선도를 면밀히 확인한 다음 몇 번 버스를 타시라고 친절히 안내를 해드렸다. 그리고 내 갈 길을 갔다. 그런데 한참 길을 가다가 생각해 보니 그 버스는 그곳에서 탈 것이 아니라 길 건너편 정류장에서 타야 한다는 것을 깨달았다. 나는 황급히 버스 정류장으로 뛰어가 사람들 틈을 헤집고 할머니를 찾았지만 할머니는 이미 보이지 않았다. 그때만큼 황당하지는 않았지만 그때와 비슷한 감정이 몰려왔다.

다시 만나지 못한 할머니와 다시 만나지 못한 아이가 그날 이후 내 마음에 묘한 기포처럼 자리 잡았다. 세 켤레의 양말 중 두 켤레를 그 사이에 꺼내어 썼다. 내가 사용하는 양말 중에서 가장 마음에 든다. 섬유의 두께도 알맞게 얇고 신축성도 좋고 미끈거리지 않고 무엇보다 뒤꿈치 부분이 발바닥 쪽으로 슬금슬금 내려가 접히는 불쾌한 일이 없어 좋다. 얼마 전에 그중 회색 양말 한 켤레가 보이지 않아 아내에게 물어보았더니 발가락 부분에 작은 구멍이 나서 버렸다는 것이다. 공연히 허전했던 것은 꿰매어 쓸 수 있는 것을 버렸다는 이유만은 아니었을 것이다.

사무실 서랍 속에는 아직도 짙은 남색 한 켤레가 비닐 포장 상태 그대로 남아 있다. 가끔 서랍정리를 하다가 그 양말을 보면 기분이 산뜻해진다. 그 일이 3년 전의 일이었다. 어느 한적한 시골국도에서 뽀얗게 먼지를 일으키고 사라지는 시외버스처럼 내 마음에 잠시 부담의 먼지를 일으키고 갔던 그 아이도 지금은 제법 숙녀 티가 날 것이다.

당신의 뜻대로 키우소서

자식을 키우는 사람들의 한결같은 소리가 "자식 키우는 것만큼은 뜻대로 안 된다"는 것이다. 나 역시 그렇다. 나는 사내아이 하나를 키우는데 사내놈이라서 그런지 아무래도 이 아이의 성장과정을 평가하고 판단하는 기준으로 내가 자라던 시절이 부단히 동원되었다. 아무리 자식이라지만 저는 저고 나는 나고 더구나 그때와 지금이 세월이 격절한데 나를 기준으로 아이를 판단하는 것은 잘못이라는 생각을 수없이 했지만 부모의 조바심이라는 것이 항상 이런 생각을 앞지르곤 했다.

이런 조바심은 아이가 중학교 2학년이 되자 극에 달했다. 왜냐하면 나의 성장과정에서 바로 중학교 2학년 때 가장 많은 변화가 있었기 때문이다. 중학교 2학년 때 나는 비로소 문학이라는 것에 눈을 떴다. 말하자면 글로 표현되는 또 다른 세상을 발견한 것이었다. 나는 지금도 우리 집 건넌방, 사촌 윤이 형이 기거하던 방에 배를 깔고 누워 시를 쓰던 그 빛살 환하던 날을 기억한다. 그날 나는 한 자리에서 두 편인가 세 편인가의 시를 썼다. 내용은 가물거리지만 그중 하나의 제목은 「들길」이었던 것 같다. 내가 종이 위에 '구름'이라고 쓰면 내 상상력의 캔버스에 하얀 구름이 피어오르고 '멀고 먼 들길'이라고 쓰면 다시 광활한 벌판이 펼쳐지던 그날 그 상상력의 마술은 나를 온통 사로잡았다. 점심 먹으러 오라는 어머니의 재촉을 나는 들은 척 만척했고 된통 야단을 듣고서야 대청으로 건너가면서도 그 환상의 어질어질함에서 깨어나지를 못했다.

얼마 후에는 단편소설도 쓰기 시작했다. 『학원』 잡지에 실린 황순원의 「소나기」를 흉내 내어 「학鶴」이라는 단편소설을 쓴 것도 그때였다. 그 작품은 이듬해 내 아우가 여름방학 숙제로 제 이름을 써서 학교에 내는 바람에 그 학교의 교지에 실리는 영예를 얻기도 했다.

이런 기억들이 아이에 대한 기대에 객관성이 결여되는 변수들로 작용했다. 서점에서 이런저런 단편소설집들을 사시 아이의 방에 툭툭 던져준 것이 그 단적인 사례였다. 아이는 시큰둥한 반응이었다. 도무지 읽어보는 기색이 없었다. 한번은 내가 중고등학교 때 쓴 습작 노트 등의 원고 뭉치를 던져주며 "읽어나 보라"고 했다가 "곰팡이 냄새가 난다"는 이유로 보기 좋게 딱지를 맞았다. 그날 이후 나는 그 원고 뭉치를 다시 아이 앞에 내놓지 못했다. 실제 아이의 관심은 엉뚱한 곳으로 흐르고 있었다. 피시 통신에서 무슨 글을 다운받아 열심히 읽고 있기에 훔쳐보았더니 게임에서 진지를 구축하거나 적을 효과적으로 공격하는 방법이었다. 어쩌다가 보는 책도 순전히 괴기소설 아니면 쉽게 읽히는 대중소설들이었다.

그래도 나는 나의 경험에 기초한 기대를 쉽게 버릴 수가 없었다. 지방근무를 하고 있던 중에는 어느 날 아이에게 전화를 걸어 이육사의 시집을 구해서 거기에 나오는 「광야」라는 시를 베껴 보내줄 것을 요구한 적도 있었다. 툴툴거리는 놈을 반쯤 을러대다시피 하여 결국 괴발개발 쓴 「광야」를 받기는 받았지만 내가 생각해도 그런 것이 공연한 나의 안달이지 무슨 실질적 효과가 있을까 싶었다.

고등학교에 진학하자 아이는 더 눈에 띄게 나의 기대를 벗어났다. 영화 하나를 보더라도 진지하고 작품성이 있는 영화는 관심이 없고 내가 질색을 하는 할리우드 오락영화나 성룡의 영화만 본다. 신문도 도움이 될 만한 기사는 보지 않고 내가 거들떠보지도 않는 스포츠 면에만 코를 박고 있다. 음악도 마찬가지다. 나는 영화음악을 좋아하는데 이놈은 순전히 헤비메탈 쪽이다. 가끔 가다가 제 방에서 자글자글하는 소리가 들려 문을 열어보면 귀를 찢는 전자악기들의 소음 속에 무슨 외국 그룹인지가 악다구니를 쓰는데 그 내용인즉 대충 "죽여! 부셔!" 쪽이다. 나는 단 오 분도 그 소리 속에 서 있지를 못하는데 이놈은 그 소리를 들으며 잠을 청한다. 그러면서 하는 이야기가 "학교에서 점심시간이면 70년대

의 포크송을 방송으로 틀어주는 선생님이 있는데 얼마나 느려터진 음
악인지 그 소리를 듣고 있으면 멀미가 나고 토할 것 같다"는 것이다.

　나는 결국 많은 것을 포기하지 않으면 안 되었다. 물론 그 포기는 아
이에 대한 기대 자체의 포기라기보다는 나의 성장기를 중심으로 한 판
단기준의 포기였다. 내 자식이지만 나와는 다른 존재라는 것을 인정하
는 데에 너무나도 많은 시간이 걸린 셈이다. 사실 많은 것을 포기하고
나니 아이가 조금 달라 보이기도 하고 미처 눈에 띄지 않았던 장점이
눈에 띄기도 한다.

　이놈은 싱거운 소리를 곧잘 한다. 그저 지나가는 소리로 한마디 툭
던지는 것인데 때때로 우리 부부를 무지하게 웃긴다. 그러고도 남이야
웃든 말든 관심 없다는 듯이 우리가 웃고 있을 때에는 이미 어디론가
휑하니 사라지고 없다. 우리만 그런가 했더니 한번은 우르르 몰려온 반
친구 녀석들도 "쟤는 저는 웃지도 않고 우리를 웃긴다"며 "되게 재미있
다"는 것이다. 아내는 그 이야기가 몹시 자랑스런 눈치였다.

　그러고 보면 단순하기는 하지만 선악에 내한 저 나름의 판단기준도
있는 것 같다. 학생들을 구타하는 선생님들에 대해 이야기할 때에는 도
무지 말씨를 가리지 않는다. 그래도 선생님인데 그러면 못쓴다고 말해
도 막무가내다. 그런가 하면 한번은 도배를 하기 위해 견적 뽑는 사람
을 불렀는데 퇴근하고 들어오니 아이가 꼭 그 아저씨에게 일을 맡겨야
한다는 것이다. 이유를 물은 즉 "아저씨가 얼굴 생긴 것이나 말하는 것

이 너무 착하고 순박해 보이니 그런 아저씨를 퇴짜 놓으면 안 된다"는 것이었다. 다소 어이없는 이유였지만 나중에 사람을 만나보니 아이놈이 왜 그렇게 말했는지 짐작이 갔다. 견적이 다른 가게보다 너무 높아 결국 그 사람에게 일을 맡기지 못한 것이 아이에게 좀 미안했다. 비록 부대만 마련된 것이지만 살아가면서 거기에 무언가 좀 더 세련된 것들이 담길 수는 있을 것이다.

이런 저런 것들이 자식은 부모와는 분명히 다른 개체이고 저 자신의 질서에 따라 성장하는 독립된 인격체임을 인정하지 않을 수 없게 한다. 가끔 피시 앞에 앉아 정신없이 모니터를 들여다보고 있는 아이의 얼굴을 바로 옆에 있는 소파에 앉아 물끄러미 바라보는 때가 있다. 지저분하게 돋은 여드름과 코밑의 제법 가무스름한 솜털을 가까이에서 보는 것이 재미있다. 저 머리통 속에는 무슨 생각이 흐르고 있는지 그저 막막한 느낌을 받는 것도 바로 그럴 때다. 그러면 나의 시선이 쑥스러운지 얼굴도 돌리지 않고 "왓 씨" 한다. '뭘 봐' 하는 뜻으로 제놈이 만든 엉터리 영어다.

요즈음은 그 찢어지는 굉음을 듣는 것만으로는 부족해서 아예 전자기타를 배우러 다닌다. 그것도 베이스 기타라고 해서 저음만 내는 것이라 한다. 굉음 가운데에서 내 귀로는 분간도 되지 않는 그 소리에 끌리고 있는 심정을 도무지 헤아릴 수가 없다. 그걸 배우겠다고 일요일마다 제 머리 위로 두 뼘이나 삐죽 솟는 기타를 둘러메고 허청허청 아파트

마당을 걸어나가는 모습을 베란다에서 내려다보고 있으면 아이의 가는 길이 한없이 생경하고 멀어 보인다.

이백 자 원고지를 한 자 한 자 메워가던 나의 문학적 꿈, 〈스와니강〉에 함께 실려가던 나의 음악적 꿈, 그런 아득한 꿈들로 일렁이던 깜장 교복 속의 내 소년을 내 아이의 동반자로 삼아보려던 나의 기대는 이제 거의 무산된 듯하다. 추억 속의 소년은 저대로 추억 속에 외로이 있고 아이는 아이대로 저의 길을 홀로 가는 것이다.

일 년에 두어 번쯤 아내를 따라 교회 예배에 참석하는 일이 있다. 그때 가끔 듣는 기도문의 일절로 "하오나 우리의 뜻대로 마옵시고 주님의 뜻대로 하소서" 하는 말을 좋아하는 편이다. 그것은 무엇보다 앎에 대한 우리의 겸손을 뜻하며 더 큰 앎, 더 큰 계획에 대한 경건한 개방의 자세를 뜻한다고 보기 때문이다. 나도 그 말을 흉내 내어 "하나님. 저 아이는 당신의 작품이니 당신의 뜻대로 키우소서" 하고 기도해 본다. 그러나 아직은 그 기도가 순수하지 못해서 그런지 내가 생각해도 그 절반은 무능한 아비의 책임 회피 같다. 그래도 방향을 그렇게 잡고 보니 없는 믿음도 생기는 것 같다. 아이의 존재 안에서 내가 간섭할 수 없는 낯선 힘의 존재를 느끼기도 한다. 어쩌면 내 잔소리에 대해 "내 인생은 내 것이니 제발 간섭하지 말아달라"고 외치는 아이놈의 주장도 설익은 요구이기에 앞서 저의 생명 속에서 꿈틀대는 무언가에 의해 자극된, 나보다 더 높은 곳에서의 조율인지도 모르겠다.

꿈꾸던 날의 우상

Y를 처음 만난 것은 초등학교 5학년 때였던 것 같다. 새까맣고 부스럼 딱지가 푸스스한 우리들 사이에 얼굴이 하얗고 말수가 적고 눈동자가 총명한 아이 하나가 나타났다. 대구에서 전학 온 아이라고 했다. 그는 공부를 잘했다. 나는 그 차이를 크게 의식하지는 않았던 것 같다.

그러나 중학교에 가니 갑자기 그 차이가 매우 중요한 것이 되었다. 그는 내가 부러워하지 않을 수 없는 많은 요인을 가지고 있었다. 대충만 열거해 보아도 그렇다. 우선 그는 계집아이처럼 흠잡을 데 없이 말끔하게 생겼다. 지방 소도시에서 어설프게 자란 우리들과는 도무지 비교가 되질 않았다. 그러나 그보다 더 부러운 것은 그의 어머니였다. 언젠가 한번 그의 어머니가 학교에 온 적이 있었는데 우리는 수업을 듣다 말고 복도에서 교실 안을 기웃거리는 그의 어머니를 넋을 놓고 바라보았다. 올림머리에 여우목도리를 한 그의 어머니는 영화배우처럼 예뻤다. 장사하기에 바빠 몸뻬바지를 자주 입던, 뚱뚱한 우리 어머니가 갑자기 부끄러워졌다. 그날 이후 나는 삼십 분이 넘게 걸리는 등굣길에서 당시 〈푸른 하늘 은하수〉라는 영화에서 보았던 영화배우 김지미가 사실 나의 생모이고 뚱뚱한 우리 어머니는 어떤 불가피한 사정으로 나를 맡아 기른 양어머니라는 골격으로 엄청나게 복잡하고 현란한 백일몽을 그리곤 했다.

그의 집은 깨끗한 한옥이었다. 마당 저편 화단에는 꽃들이 환하게 피어 있었다. 특히 잎이 크고 꽃이 화려한 칸나가 인상적이었다. 빈 상자들이 어지럽게 뒹굴고 있는 누추한 우리 집과는 역시 비교가 되지 않았다.

우리는 밤샘 공부를 한다고 종종 그의 집에 모여 시끌벅적하게 놀곤 했다. 3학년 때에는 이 밤샘 공부에 '스포츠 담배'와 포도주가 등장하였다. 물론 호기심 차원이었지만 그것도 Y가 주도하였다. 그의 아버지는 당시 고등학교 영어 선생님이었지만 우리의 가당치 않은 짓거리에 대해 일제 간섭을 하시 않으셨다. 어느 아침에는 우리들이 빈 포도주 병과 함께 어지럽게 누워 자고 있는 사이를 그의 아버지가 유유히 들어와 장롱에서 넥타이를 골라 매고 나가시는 것을 곁눈질하여 본 적도 있었다. 그는 어린 나이에도 불구하고 그의 아버지로부터 그 자신의 모든 생활을 완전히 일임받고 있는 것처럼 보였다. 그것도 부러웠다.

그와 나는 같은 문예반 활동을 하고 있었는데 그가 쓰는 시는 내용에 있어서나 감각에 있어서나 대체로 나를 앞서고 있었다. 한번은 문예반 선생님이 둘을 부르시더니 "너희들 집에 써놓은 시나 산문이 있으면 가지고 오라"고 하셨다. 그래서 갖다드렸더니 며칠 후 우리를 다시 부르셨다. 선생님은 Y에게 계속 열심히 시를 쓰라고 하셨고 나에게는 "너는 아무래도 산문을 쓰는 것이 낫겠다"고 하셨다.

산문보다 시를 주로 써왔던 나에게는 뼈아픈 말이었다. 그러나 어쩔 수 없었다. 나는 기껏해야 사춘기 초입의 아스라한 감수성을 형상화하는 수준에 지나지 않았지만 그의 시는 이미 어떤 '인생'을 말하고 있었다. 당시 학교신문에 실렸던, 지금도 기억나는 그의 시에는 '노인'이라든가 '정신병원' 등의 묵직한 용어가 자리 잡고 있었다. 한번은 그가 자기 시에서 '순종'이라는 용어를 사용한 적이 있었는데 나는 집에 돌아와 몰래 국어사전을 찾아보고서야 그 의미를 알았다. 항상 그는 나보다 더 많은 것을 알고 있었다.

중학교 2학년 때는 대구적십자사에서 주최하는 백일장에 둘이 나란히 참여한 적이 있었다. 그는 시를 썼고 나는 산문을 썼다. 제시된 제목이 시는 '대열'이었고 산문은 '길'이었다. 백일장을 끝내고 돌아오는 열차 안에서 문예반 선생님은 둘에게 어떤 내용으로 썼는지를 물어보셨다. 특히 '대열'이 시제로서는 다소 어려웠을 텐데 혹시 4·19혁명 대열 같은 것에 관해 쓰지 않았느냐고 물으셨던 것 같다. 그러자 Y는 약간 더듬거리는 말투로 이렇게 말했다.

"인간이 살아가는 것, 생애 그 자체가 하나의 대열이라고 볼 수도 있겠지요."

그 말을 듣고 초등학교 시절 과외공부하러 다니던 저녁 밤길의 무서움에 대해 썼던 나는 부끄러운 생각에 간을 졸여야 했다. 선생님이 내게도 물었었는지 내가 무어라고 대답을 했었는지 기억은 나지 않지만…….

중학교를 졸업하고 우리는 나란히 서울로 올라왔다. 우리는 서로 다른 고등학교에 진학하였다. 학교가 달라졌기 때문에 우리는 자주 만나지 못했다. 그런데 자주 만나지 못하게 된 더 큰 이유는 다른 데에 있었다. 소문으로 들은 것이지만 영어 선생님을 하시던 그의 아버지가 학교를 그만두고 어떤 사업을 하다가 실패를 하여 더 이상 그를 지원해 줄 수 없을 정도로 집안이 어렵게 되었다는 것이다. 그는 경제적으로 자립하지 않으면 안 되었다. 그래서 그는 가정교사 등으로 스스로 학비와 생활비를 벌어서 생활해 나갔다. 말하자면 고등학교 때부터 그는 내가 상상도 하기 어려운 완전 독립 단계에 들어갔던 것이다. 그래도 가끔 만날 때 그는 자신의 어려움 따위를 이야기하는 적이 없었다. 그는 여전히 깎아놓은 듯이 깔끔한 외모와 한 단계 더 높은 곳에서 모든 것을 바라보고 있는 듯한 눈빛으로 우리들이 어설프게 벌여놓은 화제 사이에 무언가 의미 있는 한마디를 툭 던져 나를 긴장시키곤 했다.

　　그를 자주 만나지 못하고 있던 이 고등학교 시절에 나의 상상력은 점점 그를 나의 우상으로 만들어갔던 것 같다. 그는 도무지 허점이 보이지 않았다. 그의 단정함, 끝간 데를 알 수 없는 사고의 범위, 타고난 귀족성, 어른스러움, 이런 것들이 엮어내는 막막하면서도 추상적인 범주는 내가 결코 좇아갈 수 없는 어떤 신분적 차이처럼 느껴졌다. 고등학교 때 쓴 몇 편의 습작 단편소설에서 내가 등장시킨 주인공은 대부분 Y의 이미지로부터 그 형상을 부여받고 있었다. 주인공의 이름에도 항상 영희英熙 같은 여자이름이 부여되곤 했다. Y의 이름이 바로 여자이름이었기 때문이다.

　　그후 세월이 두서없이 지났다. 우리는 고등학교를 졸업하고 재수를 하고 대학에 들어가고 군대를 가고 저마다의 청춘의 긴 터널을 온몸으로 지나고 있었다. 그를 만나는 기회는 점점 더 줄어들었게 되었다.

　　그 사이에 나는 나대로 청춘의 시련을 겪고 있었다. 휴학, 제적, 복적 등으로 엎치락뒤치락 하는 가운데 어느덧 나의 주된 관심은 문학을 떠나 철학과 종교 쪽으로 기울어갔다. 당시의 생각이지만 문학은 철학이나 종교에 비해 진리를 추구함에 있어서 너무 간접적이고 우회적이라고 생각했다. 나는 인간과 세상의 숨겨진 모습이 보고 싶었다. 그런 마음이 청춘을 더욱 몸부림치게 만들었던 것 같다. 그 기간 중에도 그는 여전히 나의 우상이었다. 내가 지향하는 지혜와 의연함과 존재의 완벽함에 대한 형상形狀 한 모퉁이에는 항상 그가 있었다. 내 몫의 몸부림을 다하고 나면 나도 언젠가는 Y처럼 의연할 수 있을 것 같았다.

그런 모색이 뚜렷한 결과도 얻지 못한 채 겨우 그 비틀걸음을 수습해 가고 있던 20대 후반의 어느 날, 나는 학교 근처에 있는 한 찻집에서 참으로 오랜만에 Y를 다시 만났다. 무슨 일 때문이었는지는 모르겠다. 하여튼 우리는 20대 후반의 제법 노숙한 청춘이 되어 찻잔을 사이에 두고 마주 앉았던 것이다.

오래 만나지 못하였던지라 그의 얼굴에도 많은 것이 지나간 흔적이 엿보였다. 우리는 무슨 이야긴가를 나누었다. 물론 어떤 대화였는지는 기억나지 않는다. 무언가 당시 내가 깊숙이 빠져 있던 어떤 생각을 그에게 들려주고 있었던 것 같다. 나의 이야기를 조용히 듣고 있던 그가 불쑥 이런 말을 던졌다.

"그런데 이 세상에 과연 절대적이라는 것이 있겠어?"

나는 지금도 그의 이 한마디가 어떤 문맥 가운데에서 나온 것이었는지 기억해 내지 못한다. 또 설혹 기억해 낸다 할지라도 그 한마디가 그에게 있었던 변화를 입증할 어떠한 증거도 되지 못할 것이다. 그러나 그 말을 하는 그의 다소 피곤한 듯한 표정을 바라보았을 때, 그리고 그와 헤어지고 나서 신촌 로터리를 걸어나올 때, 나는 그가 이제 더 이상 나의 우상이 아니라는 사실을 아프게 받아들여야 했다. 확실히 그날의 대화가 그런 결론의 결정적인 계기는 아니었을 것이다. 그것은 20대를 지나면서 서로가 그어온 궤적을 통하여 서로 모르게 쌓아온 어떤 긴 변화들의 자연스런 반영이었다고 보는 것이 바른 판단일 것이다.

확실히 젊음은 많은 변화를 만들어낸다. 그만큼 젊음은 위기이기도 하고 기회이기도 하다. 젊음은 변하지 않고 가만히 있을 수가 없는 시기인 것이다. 그래서 나도 변했고 Y도 변했다. 어떻게 변했느냐 하는 것을 떠나 그 변화는 그날의 짧은 만남을 계기로 하여 지난날의 내 오랜 우상이 더 이상 우상이 아니라는 사실을 깨우쳐주었다.

그날 내 가슴속에 감돌던 느낌은 어쩌면 상실의 허전함 같기도 했고 성숙의 의연함 같기도 했다. 이제 Y는 더 이상 나의 우상이 아니었다. 그것은 내가 그토록 바라던 그 찬란한 단계에 이르렀기 때문도 아니고 나의 우상이 실은 허상이었음을 발견한 때문도 아니었다. 그것은 단지 내가 어린 날에 꿈꾸던 그 세계를 떠나 더 큰 세계로 진입하면서 내가 무언가를 바라고 그 바라는 바를 향해 나아가는 방식이 바뀌었기 때문이라고 나는 생각한다. 그날 이후 나는 더 이상 그를 나의 빛나는 우상으로 가질 수 없었지만 대신 그가 내 꿈꾸던 날의 우상이었다는 그보다 더 빛나는 추억을 가질 수 있게 되었다.

세월이 지난 오늘에 돌이켜볼 때 나는 내가 어리던 날에 그를 만날 수 있었고 그를 우상으로 가질 수 있었던 것을 참으로 큰 행운으로 생각한다. 그래서 그를 만날 수 있었던 삶의 우연에 감사한다. 만약 내가 그를 우상으로 가질 수 없었더라면 나의 어린 날이 과연 그만큼이나마 무언가를 향해 집중集中될 수 있었을까 하는 생각을 아니할 수 없는 것이다.

요즈음 자라는 아이들이 어떤 내면적 풍경 속에서 자라는지 나는 잘 알지 못한다. 다만 그들의 내면에도 나름대로 소중한 지향이 있다면 그 지향은 어느 곳에서나 그들의 우상을 발견할 수 있을 것이다. 왜냐하면 우상이란 아직 스스로를 객관화하지 못하는 어린 영혼이 자기 자신 속에 깃든 희원希願을 잠시 타자 위에 투사함으로써 스스로를 객관화하고 그렇게 함으로써 그 희원을 좇이 스스로를 성장시켜 가는 삶의 신비스러운 한 장치이기 때문이다.

우리들의 죄의식

나는 지방에서 중학교를 나온 다음 고등학교를 다니기 위해 서울에 올라왔다. 한 반 아이들 중에는 나처럼 지방에서 올라온 아이들이 적지 않게 있었다. 그들의 대부분은 부모가 시골에서 농사를 짓거나 장사를 하거나 해서 간신히 서울에 학비를 부쳐주고 있었다. 대학에 가서는 이런 아이들이 훨씬 많았다. 우리는 시골에서 올라오는 정기적인 등록금이며 하숙비, 용돈 등을 향토장학금이라 부르며 그 자투리 돈으로 술도 마시고 당구도 치고 연애도 하는, 죄 많은 낭만을 구가하였던 것이다.

사실 이 모든 것의 뒤에는 우리 부모들의 희생이 있었다. 어느 누구도 그것을 모르고 있지는 않았지만 우리는 짐짓 그것을 잊고 살았다. 아니 잊고 있었던 것은 아니지만 우리는 끊임없이 그 점을 외면하려 하였기 때문에 무의식 속에서 우리는 부모에 대한 죄의식을 갖게 되었다.

최인호의 원작소설을 영화화한 〈기쁜 우리 젊은날〉에서 주인공(안성기)은 Y대학의 학생이었고 그의 아버지(최불암)는 대학교 바로 앞에 있는 재래식 시장에서 기름가게를 하는 상인이었다. 강의가 없는 시간에 주인공은 아버지의 가게를 찾아간다. 때로는 친구들과 같이 가기도 한다. 그러면 아버지는 기름을 짜다 말고 환한 웃음으로 아들과 그 친구들을 반긴다. 그는 그저 명문대학에 다니는 이 자식이 대견하고 자랑스러울 뿐이다. 이 영화를 본 것은 아주 오래 전이지만 나는 이 부자의 격의 없는 모습을 보며 내 가슴속에서 괴로운 죄의식이 일던 것을 기억한다.

아버지도 가게를 하고 있었다. 영화 속의 최불암이 하던 기름가게보다는 약간 더 크고 더 부산했다. 1년 365일 중에서 휴일이라고는 설날밖에 없었다. 가게 문은 언제나 내가 일어나기 전에 열려 있었고 밤 11시는 되어서야 닫혔다.

겨울방학 같은 때에 친구들과 정신없이 놀다가 집에 들어가면 나는 먼저 추위에 떨고 있는 아버지와 어머니를 만나는 것이 고통스러웠다. 우리 집은 가게를 통하여 집으로 들어가도록 구조로 되어 있었던 것이다. 아버지는 늘 아무 말씀이 없으셨고 두툼한 남자용 털잠바에 실장갑을 낀 어머니는 퍼렇게 언 얼굴에 웃음을 띠며 "밥이나 먹고 다니냐? 얼른 들어가 아랫목에 밥 넣어놓았으니 먹어라" 하실 뿐이었다.

자식을 키우는 기성세대와 키워지는 세대 사이에 조성되는 세대 차이와 문화적 간극은 어느 시대, 어느 사회에서나 다 존재했다고 할 수는 있겠지만 20세기 후반의 우리나라에서처럼 그 낙차가 가파르게 조성된 경우는 민족사적으로나 세계사적으로나 유례없는 것이 아니었나 한다. 비단 나의 경우만이 아니라 우리의 아버지 어머니들은 대부분 영락한 옛 문화의 잔재 속에서 그 정신이 배태된 분들이라 할 수 있다. 그들은 물밀듯 밀려오는 서구문화를 목격하기는 했지만 그 정신에 참여하지는 못했다. 그 때문에 그들에게는 문화의 변동 자체가 극히 고통스런 것이었다. 우위를 점하고 다가오는 새로운 문화는 그들을 철저히 소외시켰던 것이다. 그러나 우리는 엄습해 온 새 문화의 맛을 구체적으로 느끼고 거기에 우리 영혼의 젖줄을 대고 성장해 온 세대들이다.

이러한 변화는 20세기 벽두부터 시작하여 지금까지도 끊임없이 진행되고 있지만 대체적으로 보면 국가건설 의지가 본격화된 4·19와 5·16 이후 10년 내지 20년이 어떤 의미에서 가장 고비였다고 생각된다. 우리의 아버지 어머니들은 우리의 영혼을 이끌고 유혹하는 새로운 세계관, 새로운 감수성을 우리와 함께 나누지 못했다. 그러나 함께 나누지 못하면서도 그들은 그 새로운 세계가 그들의 자녀들의 세계가 되어야 할 것임을 분명히 통찰하고 있었다.

그리고 그러한 통찰은 못 배운 설움을 자식들에게까지는 결코 물려주지 않겠다는 희생적 각오로 나타났다. 등뼈가 휘도록 일을 하든지 아니면 논밭을 팔든지 어떻게 해서라도 자식들의 고등교육을 뒷받침하려 했던 그들의 각오를 나는 단지 당시의 세태나 그들의 개인적인 노고로

만 여기고 넘어가서는 안 된다고 생각한다.

그것은 20세기 후반의 우리나라와 우리 민족이 세계지도의 판도에서 새로운 위상을 점유하는 데에 기여한 민족적 각성의 일환으로 평가되고 기록되어야 할 사안이라고 생각한다. 그것은 일본 근대사에 있어서 흑선黑船의 도래를 슬기롭게 판단하고 대처했던 조정 원로들의 지혜—일본 사학자들이 지금도 경의를 표해 마지않는—와 비견해 볼 수 있는 무엇이 아닌가 한다.

돌이켜보면 70년대 후반부터 시작되어 80년대를 온통 풍미하였던 저 민중주의의 특이한 강박성強迫性 속에도 우리 아버지 어머니들의 철저한 희생 속에서 배태된 새 세대들의 뿌리 깊은 죄의식이 움직이고 있었다. 희생된 세대를 그 희생에 의해 봉헌된 세대가 돌이켜 껴안고자 한 눈물겨운 노력은 바로 그 시대의 독특한 진실로 구현되었다. 그러나 그 죄의식의 본질을 담담히 직시하기에는 우리 자신이 너무 그것에 사로잡혀 있었기 때문에 '하나의 진실'을 더 큰 진실 가운데에서 정위시키려는 한 단계 위의 노력은 70년대와 80년대에 있어서 유난히 더 힘들고 고통스러웠던 것이라 생각한다.

이제 다시 그 세월이 지나고 2000년대의 문턱에 올라섬에 따라 키우는 세대와 키워지는 세대 사이에 조성되었던 문화적 간극, 민족사상 초유의 그 가파르던 위상차는 현저히 누그러들고 있다. 존 웨인이나 폴 사이먼에 젖어 육성되었던 세대들이 이제 새로운 아버지 어머니들이 되어 이미 만만치 않은 폭의 사회계층을 형성하고 있고, 그들은 디 카프리오나 야단스런 헤비메탈 그룹에 젖어 육성되는 새로운 세대들을 다소 미심쩍은 눈으로 바라보고 있을 뿐이다.

이제 바야흐로 우리들의 그 감당키 어려웠던 죄의식도 역사의 유물이 되려 하고 있다. 그리고 그 죄의식을 우리에게 심어주고 또 그 죄의식을 통해 사랑을 가르쳐준 희생의 세대, 우리의 아버지 어머니들은 하나둘 세상을 떠나고 있다. 문짝도 없이, 살을 에는 겨울바람에 노출된 가게에서 어디서 놀다 들어오는지 슬금슬금 눈치를 보며 들어오는 아들을 걱정스럽다는 듯이 바라보시던 나의 아버지도 지금은 고인이 되시고 말았다. 어머니는 손녀딸의 결혼식이 며칠이냐는 똑같은 질문을 오늘만 해도 스무 번이 넘도록 하신다.

역사의 확고한 발걸음은 한 시대를 온통 휩쓸었던 진실의 모습까지도 거침없이 바꾸어가는 것이다. 이제 그때의 모습은 역사 위에서 다시 되풀이되지 않을 것이다. 그러나 모든 것이 그렇게 한갓되지만 내 마음에는 그분들의 고단하던 각오와 우리를 사로잡았던 그 죄의식만은 우리 시대와 우리의 육신이 다하더라도 어느 까마득히 오랜 무덤 속에서 발굴되는 녹옥綠玉의 소장품들처럼 어딘가에 남아 그 시퍼런 호흡을 변함없이 유지할 것만 같은 생각이 든다.

핼리 혜성 이야기

초등학교에 다닐 적에 나는 76년 만에 한 번씩 지구를 방문한다는 핼리 혜성에 대하여 배웠다. 내 나이가 선생님 나이만큼이나 되는 때, 엄두가 나지 않는 까마득한 미래에 오기로 되어 있다는 그 별을 본다는 것은 내가 어른이 된다는 것만큼이나 막막하게만 여겨졌다. 그러나 어린 마음에도 살다가 보면 언젠가 그날이 오겠지, 그날이 오면 어른이 된 나의 눈으로 그 별을 볼 수 있겠지 하는 막연한 기대가 있었나. 물론 나는 내가 실제 그 나이가 되어서 하늘 한번 쳐다보지 못하고 무심하게 그 별을 보내버리리라고는 꿈에도 생각하지 못했던 것이다.

아니 결코 무심했던 것은 아니다. 1986년 핼리 혜성의 도래에 관한 언론 보도가 조금씩 나오면서 나는 저 오랜 기약의 별을 이제 드디어 보게 되는구나 하는 벅찬 감회를 느꼈다. 확실히 그것은 단순한 감회를 넘어서는, 어떤 의무감 같은 것이었다. 실로 그 별을 본다는 것은 한 어린 소년과의 거역할 수 없는 약속이었기 때문이다.

그러나 실제 그날이 가까워지자 보도는 점점 부정적인 쪽으로 흘러갔다. 한반도에서는 포항 지역을 제외하고는 제대로 관측할 수 없을 것이다, 전문가가 아니면 쉽게 포착하기 어려울 것이다 등 모든 것이 부정적인 쪽으로 가면서 나는 서서히 관찰을 포기하게 되었다. 혜성이 가장 지구에 가까이 접근한다는 날 저녁, 나는 관찰이 불가능하다는 사실을 새삼 확인하면서도 공연히 마음이 불안정하고 허전해서 좁은 거실을 왔다 갔다 하며 바야흐로 근일점을 지나고 있을 혜성을 아쉬운 마음으로 그려보는 수밖에 없었다. 실제 핼리 혜성이 지나간 며칠 후 언론에서는 전문가들마저도 잘 관찰하지 못하였다고 보도했고, 나는 그것을 그나마 위안으로 삼았다.

어쨌든 한동안 그것은 단순한 아쉬움에 지나지 않았다. 그런데 핼리 혜성이 지나가고 몇 달 뒤 나는 어떤 일로 고향에 내려갔었는데 거기에서 이 문제가 새롭게 불거지게 되었다. 고향에 있는 친구 J를 만난 자리에서 우연히 그 혜성 이야기가 나오게 되었는데 이 친구에게도 나와 똑같은 어렸을 적의 기대가 있었다는 것을 알게 되었다. 그런데 이 친구는 나처럼 언론 보도에 쉽게 뜻을 접지 않고 비교적 거금을 들여 천체망원경 하나를 사서 혜성 관측에 도전을 했다는 것이다. 새벽 몇 시쯤인가에 어느 쪽 하늘 몇 도 각도에 혜성이 관측되리라는 일부 보도만을 믿고 우리가 함께 다니던 중학교 뒷산에 올라가 새벽 세 시인가 네 시까지 혜성이 나타날 위치에 망원경을 들이대고 밤하늘을 관찰하였다는 것이다. 그때가 초봄이었기 때문에 어느 정도 추위를 예상하고 두꺼운 파카를 입고 갔음에도 불구하고 그는 밤새 추위에 덜덜 떨지 않을 수 없었다고 했다. 물론 그 역시 혜성을 관찰하지 못하였고 무거운 망원경을 메고 소득 없이 내려올 수밖에 없었다는 이야기였다.

평소에 말하기보다는 남의 말을 물끄러미 듣기를 좋아하고 소처럼 크고 순한 눈빛으로 가까이 흩어져 있는 친구들의 근황을 훼손되지 않은 순수한 고향의 억양으로 조용조용 들려주던 이 친구의 집념은 나를 부끄럽게 하였다. 평소부터 나는 이 친구에게서 무언가 분명히 배울 점이 있다고 막연하게 생각해 오던 터에 나는 그 실체 하나와 분명히 만난 느낌이었다. 어쩌면 나는 어렸을 적의 나를 너무 쉽게 배신해버린 것이 아닌가! 나 자신과 한 30년 가까운 언약을 저버리다니!

헬리 혜성으로 인하여 생긴 마음의 부담은 그로부터 다시 세월이 지나고 1997년 헤일-밥 혜성이 다가오고 있다는 보도가 나오자 다시 강박적인 것으로 발동하기 시작했다. 당시 나는 지방 근무로 경남 창원에 내려가 있을 때였다. 이번에는 허수히 보내지 않으리라 작정하고 나는 직장 동료이자 친구인 S를 반 강제로 차에 태우고 해가 완전히 저물어 어둑어둑해진 주남저수지로 달렸다. 육안으로도 관찰이 가능하다는 보도에 따라 고향의 친구처럼 망원경을 구입하지는 않았지만 10배율의

쌍안경까지 목에 걸고 갔다. 그런데 저수지에 도착하자마자 차문을 열고 내리던 S가 소리를 쳤다.

"어 저거 아니야?"

과연 거기에는 쌍안경을 들이댈 필요조차 없는, 뿌옇고 긴 꼬리를 가진 별 하나가 서녘하늘에 멋지게 걸쳐져 있었다.

"맞아. 맞아. 헤일-밥이야."

우리는 육안으로, 쌍안경으로 저 장관을 영원히 각막에 새기기라도 할듯이 보고 또 보았다. 지상에 존재하는 모든 물상物像과도 다르고 천상에 존재하는 온갖 성신星辰 가운데에서도 단연 이단자인 이 희대의 방문객은 유유히 그 검은 산 위를 거닐고 있었던 것이다.

헤일-밥을 보고서야 핼리 혜성을 무심히 보내버린 것에 대한 마음의 부담이 조금은 덜어지게 되었다. 그러나 생각하면 헤일-밥 혜성은 운이 좋아 우연히 본 것에 지나지 않았다. 그것은 나에게 '약속의 별'은 아니었다. 약속의 별, 꿈의 별, 핼리 혜성은 이제 영영 볼 수 없는 혜성이 되고 말았다는 것이 묘한 서글픔을 불러일으켰다.

놓쳐버린 이 별에서 인생이라든가 삶과 죽음이라는 숙명적인 이미지를 느끼는 것은 무슨 연유일까? 그것은 무엇보다 이 별이 인간의 한 생애와 맞먹는 76년이라는 독특한 주기를 지니고 있기 때문일 것이다. 만약 핼리 혜성에 마음이 있다면 혜성은 다시 지구 가까이 돌아왔을 때 그가 76년 전에 보았던 인류의 대부분이 무덤 속에 누워 있고 그들의 낯선 후손들이 저마다의 행복과 슬픔 속에서 밤하늘을 올려다보고 있는 광경을 고즈넉이 굽어볼 것이 아닌가. 그것은 고독 이전의 그로테스크한 적막함이 아닐 수 없을 것이다.

실제 핼리 혜성이 76년을 주기로 하여 돌아올 것이라고 예언했던 천문학자 에드몬드 핼리Edmond Halley(1656-1742)는 과연 1758년 그의 예언대로 혜성이 돌아왔을 때 이미 고인이 되어 있었다. 이제 다시 이 별이 돌아올 2061년에는 누가 또 어떤 감정으로 이 별을 올려다볼 것인가. 개중에는 어쩌면 어렸을 적의 막막하던 꿈의 눈으로 올려다보는 사람들도 있을 것이 아닌가. 그날에 내가 누워 있을 어느 산허리 위 짙푸른 밤하늘을 가로지르는 꼬리 긴 별의 모습을 마음속에 그려본다.

고향이라는 허물

고향을 생각할 때, 혹은 일 년에 한두 차례 고향에 내려갈 때, 내가 느끼는 느낌은 늘 황량하고 쓸쓸한 것이다. 매미가 스스로 벗어놓은 허물을 지켜보는 심정이랄까. 고향은 그저 안쓰럽고 누추하고 가여운 모습으로 그곳에 있다.

나는 인구 십만 안팎의 조그마한 소읍에서 태어났다. 내가 자라던 시절의 소읍 모습은 이미 사라진 지 오래다. 정미소와 철물점과 이발소, 제재소 따위가 커다란 버드나무 그늘 속에 한적하게 늘어서 있던 길거리 풍경은 이제 가전제품 대리점이며 슈퍼마켓, 각종 브랜드의 의상실 따위로 바뀌어 있고 무엇보다 노변 주차된 차량들로 숨쉴 틈 없이 복잡하다.

숭모네 엄마, 옥선이 엄마, 송죽루 할아버지, 배 노인 이런 분들이 다 세상을 뜨거나 어디론가 흩어지고 낯선 사람들이 저마다의 생계를 꾸려가느라 북적거리는 이 거리에 서면 나는 이곳이 어느 객지보다 더 낯설게 느껴진다.

추억 속의 고향을 생각할 때 나는 나의 정서 형성에 중요한 영향을 미치기도 했던 두 곳을 떠올리게 된다. 그 하나는 목성동 성당이고 다른 하나는 낙동강의 드넓은 벌판이다.

목성동 성당은 분지형의 시내 북단에서 누에머리처럼 돌출된 잠두산蠶頭山 위에 있다. 고딕 양식의 첨탑을 가진 이 붉은 벽돌 성당은 시내 어느 곳에서든 바라보였고 또 그 성당 앞에 서면 시내의 모든 곳이 한눈에 내려다보였다. 이 성당이 언제 지어졌는지는 나도 모른다. 내가 기억할 수 있는 가장 어린 시절부터 이미 그 성당은 그곳에 자리 잡고 있었다. 가게를 하던 우리 집에서는 가게 앞에서 고개만 들면 가장 알맞은 거리와 고도로 이 성당이 눈에 들어왔다.

성당으로 올라가는 길은 비탈지게 굽어 있었다. 그 길 한 모퉁이, 가파른 계단 위에 아기 예수를 안은 하얀 마리아 등신상이 서 있었다. 인적이 드물 때 그것은 좀 무서운 느낌이 들었다. 나중에는 없어졌지만 원래는 성당 옆에 따로 종탑이 있어서 종지기가 긴 밧줄을 잡아당겨 종을 울리곤 했다.

어렸을 적 나는 한 번도 성당 안에 들어가보지 못했다. 다만 출입문

유리창으로 발돋움을 하여 간신히 두어 번 텅 빈 성당 안을 들여다보았을 뿐이다. 예수께서 요한으로부터 세례를 받는 모습, 십자가를 지고 골고다 언덕을 오르는 모습 등 파스텔 빛깔로 칠해진 여러 장의 부조화가 붙은 성당 안은 늘 인적이 없이 고요했다. 그 고요함은 성당 밖 마당에 떨어진 햇살, 나지막한 측백나무 울타리 사이로 부는 바람, 멀리 시내에서 들려오는 한적하고 창백한 차 소리 등과 함께 그곳을 언제나 특별한 무엇이 지배하는 장소로 뇌리에 깊은 인상을 남겼다.

낙동강은 집에서 걸어서 15분이면 닿는 곳에 있었다. 작은 철교 아래로 난 소로를 지나 강둑 위에 올라서면 소읍의 풍경과는 완연히 다른 자연의 아득한 모습이 전개된다. 뚝 아래로 길게 이어진 초지, 그 푸른빛이 끝나는 곳에서 막막하게 전개된 모래사장, 그리고 그 모래사장 너머 은빛을 반짝이며 동에서 서로 길게 걸린 강줄기, 그 너머 뿌연 산. 어렸을 적에는 단지 방아깨비와 달래와 개미귀신에 취하고 고무신 배로 모래를 실어나르는 부질없는 놀이에 취해 있느라 모르기는 했지만 그 끝없는 벌은 무언가 영원한 것, 우리가 보고 느끼는 모든 것의 너머에 있는 또 다른 한 세상의 영상을 어린 영혼 속에 각인시키고 있었을 것이다.

그러나 추억을 떠나 고향의 현실에 돌아와 보면 무엇보다 이 두 곳부터 커다란 변화를 겪었다. 성당은 지금도 그 산 위에 있기는 하지만 시내 어느 곳에서도 성당을 바라보기가 용이치 않게 되었다. 곳곳에 삐죽삐죽 솟은 건물들 때문이다. 우리 집에서도 길 건너편에 지어진 한 신용금고의 사옥에 의해 성당은 가려지고 말았다. 다행히 성당은 그 붉은 벽돌집을 유지하면서 그 긴 세월에도 거의 모습을 바꾸지 않았다. 다만 내가 자람에 따라 고향의 모든 것이 작아졌듯 성당의 모든 것들도 작아졌을 뿐이다. 성당 앞 그 널찍해 보이던 마당은 사실 손바닥만 했고 그나마 주일이면 신도들이 타고 오는 차량으로 북적거려 그 옛날의 고요한 정취는 찾아볼 길이 없다. 내가 발돋움을 하여 겨우 코를 댈 수 있던 출입문의 유리창은 지금 내 허리춤에 걸리고 있다. 하얀 베일을 쓴, 무언가 다른 세상 사람들 같던 신도들의 모습도 지금은 사뭇 달라 보인다.

낙동강은 더 많이 달라졌다. 소읍에서 불과 얼마 떨어지지 않은 상류에 세워진 다목적 댐은 소읍의 길거리보다 훨씬 높은 고도에 새로운 수면을 형성시켜 놓았다. 그것이 터지기라도 하는 경우에는 이 소읍은 순식간에 수중도시가 될 수밖에 없는 구도가 조성된 것이다. 시민들에게 댐은 자연스럽지 못한 산업시대의 인위적 환경으로 자리 잡았다.

내 키가 자라는 만큼 그 폭이 좁아지고 있던 강도 급기야 그 모습을 완전히 바꾸고 말았다. 강폭의 절반을 매립하여 새로운 시가지를 조성하는 거창한 토목공사가 진행되었기 때문이다. 새로 조성된 강둑에 서

서 바라보는 강물과 좁은 모래펄에서 나는 아무래도 그 옛날의 아득함
내지 영원함을 느낄 수가 없다. 방아깨비도 송장메뚜기도 아이들 먼 외
침도 철교 밑으로 지던 저녁 해도 모두 거대한 흙더미 아래, 우리의 낡
은 기억 아래에 묻히고 말았다.

　고향은 없다. 고향은 다만 내 추억 속에만 있다. 지금 그곳에 있는 고
향은 아버지의 헐벗은 무덤을 안고 늙은 어머니의 초점 잃은 퀭한 눈을
안고 오늘도 창백하게 낡아가고 있을 뿐이다. 푸른 숲 그늘을 노래하던
매미는 잠시 자신이 허물을 벗던 나무둥치, 그 메마른 허물 곁에 앉아
본다. 한때는 그의 세계였던 허물, 여름과 녹음을 향한 꿈, 끝없는 비상
의 꿈이 배태되던 허물은 이제 하얗게 바랜 흔적만으로 매달려 있다.
　이 쓸쓸한 고향도 그렇게 벗어져 놓여 있다. 그 고향의 한 자락에 서
서 나는 생각해 본다. 어찌 고향만 그렇겠는가. 우리의 삶 자체도 언젠
가는 벗어놓은 허물처럼 바랜 기억 속에만 남겨질 때가 올 것이 아닌
가. 안쓰럽고 누추하고 가여운 것은 시간 속에서 태어나 변화를 겪고
이윽고 죽어가야 할 모든 존재의 피할 수 없는 운명일 것이다.

사라져가는
말들

달리기

왕가위 감독의 〈중경삼림〉을 오랜만에 다시 보다가 떠나버린 여인을 막연히 기다리는 젊은 경찰관의 독백이 마음에 다가왔다.

"실연당했을 때 나는 조깅을 한다. 그럼 수분이 모두 빠져나와 눈물이 더 이상 안 나온다."

그런데 실연을 당해 조깅을 하는 그 사람의 심경을 헤아려보면 실제로는 그렇지는 않을 것 같다. 말이 그렇지 몸에 수분이 빠져 눈물이 나오지 않게 하기 위하여 의도적으로 달리기를 하는 사람은 없을 것이다. 그로 하여금 달리게 한 것은 무언가 다른 것임이 틀림없다. 그것이 무엇일까?

그것이 무엇일까를 생각하다가 〈포레스트 검프〉를 또 생각하게 되었다. 어느 날 문득 포레스트는 달린다. 조깅 정도가 아니라 며칠을, 몇 달을, 몇 년을 달린다. 어떤 단계에서 그가 달리기를 시작하였는지 잘 기억이 나지 않는다. 아마 제니가 떠나고 나서 시작한 것이 아닌가 싶다. 다리도 지나고 광막한 황야도 지나 달린다. 얼굴에는 수염이 돋고 나중에는 추종자들마저 뒤따른다. 무엇이 그로 하여금 달리게 하였는가? 이 지독한 달리기의 동기도 불확실하다.

그러나 불확실하고 막연하면서도 알 듯도 한 것이 묘하다. 나는 원래 스포츠를 좋아하지 않는다. 그런데 달리기만큼은 좋아했던 것 같다. 특히 마라톤이 좋다. 나중에 심장이 좋지 않다는 진단을 받은 이후부터 가벼운 조깅 이외에는 하지 못하고 있지만 그 이전에는 간간이 장거리도 뛰었다.

뛰어보면 그것이 체력적 한계와의 싸움이라는 것을 알게 된다. 마라톤도 경기競技로서 1, 2, 3등이 정해지는 것이지만 더 근본적으로는 자기와의 싸움이다. 장거리를 뛰다보면 숨이 턱에 차고 가슴이 파열될 것 같은 상황에서 더 뛸 것인가 포기할 것인가 망설이는 순간이 있다. 가능하면 포기하지 않으려고 안간힘을 쓸 때 그는 무엇을 지키려 하고 있는가? 육체의 마지막 한계선에서 겪는 그 고통을 감수해 가면서도 더 뛰어야겠다고 생각하게 하는 요인이 무엇인가? 그것을 생각해 보면 인간이 지독한 형식주의자임을 인정하지 않을 수 없다. 내용상으로만 보았을 때 그것은 아무것도 가져오지 못하는 무모한 짓이다. 그럼에도 불구하고 여기서 포기하고 싶지는 않다고 생각하게 하는 요인은 바로 달리기의 '형식'과 '상징성'에서 오는 것이라고 본다.

달린다는 사실은 모든 인간 영위를 대표하고 있다. 직립 이후 인간은 짐승을 쫓는 일처럼 일단 달림으로써 무언가를 해왔던 것이다. 또 육체적 한계상황은 인간의 실존적 상황을 상징하고 있다. 인간의 상황은 가장 평온무사한 경우마저도 실은 한계적 상황이다. 하이데거의 말처럼 인간의 실존은 매순간 염려와 초조Sorge 위에 성립해 있는 것이다. 그래서 우리는 마치 무대 위의 연극적 상황이나 스크린 위의 영화적 상황이 실제 상황이 아님에도 불구하고 그 상황에 도취되듯 달리기의 상황에 도취되는 것이다. 달리기 속에서 우리는 우리 존재의 원초적 상황을 추체험하는 것인지도 모른다.

물론 그것이 달리기의 모든 것은 아니다. 다른 접근도 가능하다. 달리기에서 나는 어떤 외로움이나 인간의 생래적 설움 같은 것을 느끼기도 한다. 월남전 당시 네이팜탄이 터지는 마을을 배경으로 발가벗은 소녀 하나가 울음을 터뜨리며 달려나오는 저 유명한 사진을 대부분 기억할 것이다. 아이들의 세계에서는 이런 공포 또는 설움과 결부된 달리기를 종종 발견할 수 있다. 나 역시 아버지의 주정이 무서워 외사촌 형님 집을 향해 울며 밤길을 달려가던 기억이 있다. 아니면 〈금지된 장난〉에서 미셸을 외치며 낯선 인파 사이로 달려가던 어린 소녀의 모습을 생각해 보아도 좋을 것이다. 말하자면 쫓아가는 달리기만 있는 것이 아니라 쫓기는 달리기도 있다는 말이다.

달리기가 한계상황이라는 것은 동시에 달리기에 긍정적 의미가 있음을 암시하고 있다. 한계상황은 한계만으로 구성된 것이 아니라 그 극복으로도 구성되어 있다. 달린다는 사실은 이미 매순간의 극복이다. 이겨내고 있는 현재진행형이 달린다는 사실을 규정하고 있는 것이다. 따라서 달리기에는 극복의 쾌감 내지 도취감이 있고 그 느낌을 영어에서는 '러너스 하이runner's high'라고 부른다고 한다.

달리기에는 이 모든 것이 혼합되어 있다. 그러나 〈중경삼림〉과 〈포레스트 검프〉에서의 달리기는 이런 것들의 혼합 외에 또 다른 것이 있다. 사랑하는 여자의 떠남이라는 도저히 받아들일 수 없는 상황에 임하여 그들이 선택한 이 달리기는 쓰러지지 않기 위한 마지막 수단처럼 보이기도 한다. 마치 자전거가 가만히 있으면 쓰러지기 때문에 어쩔 수 없이 달리는 것과 같다. 그런 달리기는 특수한 상황에 의한 것이면서도 동시에 보편적인 의미를 가진다. 우리 인생의 얼마나 많은 행위와 열정이 달리기처럼 공허한가! 내용만으로 보면 달리기가 무의미한 것처럼 내용만으로 보면 얼마나 많은 인간 행위가 부질없는 것으로 가득 차 있는가!

1988년에 나온 박종원 감독의 영화 〈구로 아리랑〉에 보면 시골에서 올라와 이것저것 아무것도 되는 것이 없다가 권투를 하게 되는 친구가 나온다. 실컷 얻어맞고 링 위에 큰 대자로 다운이 되었을 때, 독백 비슷한 나레이션이 나온다. 왜 사는지, 왜 서울에 올라왔는지 도무지 알 수 없다가도 무수히 얻어터지고 링 위에 뻗어 있으면 비로소 사는 이유가 손에 잡히는 것 같고 삶의 의미 같은 것이 느껴진다던가 하는 뭐 그러한 내용이었다. 삶이 공허하고 외롭다는 것을 아는 것도 큰 지혜다. 큰 의미는 큰 공허와 인접해 있는 것일까? 〈중경삼림〉의 그 외로운 나레이션도 궁극적으로는 삶의 그러한 점을 암시하는 것인지도 모른다.

독본교육은 할 수 없는가?

자라나는 아이들에게 무엇을 어떻게 가르칠 것인가 하는 문제는 가슴 설레는 문제다. 그런데 실제 현실로 돌아와 생각하면 이 문제는 대단히 어렵고 주어진 여건이 간단치가 않아 단지 설렘만으로 해결될 문제는 아닌 것 같다.

우리는 지금 국어와 영어, 수학, 과학, 사회, 미술, 음악, 체육 등으로 나누어 가르치고 있지만 한두 세기 전만 해도 우리는 그렇게 가르치지 않았다. 조상들은 『동몽선습』이니 『추구推句』, 『명심보감』 등으로 시작해서 『소학』과 『통감』을 거쳐 사서오경을 가르치고 각종 사서史書를 가르쳤다. 시대가 다른 만큼 양자를 단순 비교할 수는 없겠지만 적어도 오늘날이 완전히 옳고 옛날이 완전히 틀린 것은 아니라고 생각한다.

오히려 나의 단순한 이상만으로 접근한다면 적어도 요즈음 아이들이 배우는 학습량의 절반쯤은 일반적인 독서로 채우고 싶은 것이 솔직한 심정이다. 아이들에게 무작정 독서를 권유하여 나이에 맞지 않거나 검증되지 않은 책을 닥치는 대로 읽으라고 하기보다 정규학습 프로그램 안에 성장기의 아이들이 읽을 만한 독본들을 제공하여 제대로 읽고 배우게 하자는 것이다. 말하자면 옛날 우리 할아버지들이 채택했던 학습 방식에 한층 가까이 다가가는 방식이다.

이를테면 국어라는 과목을 보자. 지금까지 국어교육의 이념은 국어학國語學과 문학文學에 온통 치우쳐왔다. 대학교 국어국문학과의 학문적 영역이 오늘날 국어교육의 영역을 꼼짝없이 한정하고 있다. 그러니 국어과목 안에 역사적 내용이 포함되는 것은 금기다. 왜냐하면 그것은 역사과목의 영역을 침범하는 것이 되기 때문이다. 사회문제를 국어가 지나치게 깊숙이 다루는 것도 문제다. 왜냐하면 그것은 사회과목에 대한 월권이 되기 때문이다. 그래서 국어는 단지 박목월이나 다루고 이양하나 다루고 기타 생활문을 다루고 정철과 용비어천가를 다루면 모든 사명이 끝난다. 나는 우리나라 국어교육이 이런 편협한 영역에 묶여 오히려 국민정신을 온통 문약文弱으로 이끌고 있는 주범이 아닌가 심각하게 평가해 보아야 한다고 생각한다.

그러면 막상 역사교육이나 사회교육은 어떤가? 윤리교육은 어떤가? 이 과목도 대학교 해당 학과목의 축소판 같다. 더구나 1년 내 배정된 시간이라고 해봐야 몇십 시간에 불과한 실정인데도 그 시간 내에 역사도 모두, 사회도 모두, 윤리도 모두 가르쳐야 한다. 아편전쟁도 가르쳐야 하고, 보불전쟁도 가르쳐야 한다. 국체와 정체도 가르쳐야 하고 자연법과 실정법도 가르쳐야 하고 케인즈와 슘페터도 가르쳐야 한다. 적어도 빼먹고 가르치는 것만은 안 된다. 그러다 보니 모든 것이 개론적으로 가버린다. 모든 것이 축약판 역사가 되고 건성 사회가 된다. 그래서 아이들은 정약용의 저술을 외우고 프랑스혁명의 발발연도를 외우는 것을 공부로 알게 된다. 이런 폐단을 극복한다고 해온 것이 하루이틀의 일이 아니지만 온갖 것을 다 섭렵한다는 원칙이 살아 있는 한 그 폐단은 항상 되돌아올 것이다.

교육 개혁의 일환으로 요즈음은 고등학교의 학과목 중에서 국어가 '문학', '독서', '작문' 등으로 세부적인 영역을 거느리게 되었다. 이 점은 어느 정도는 발전이기는 하다. 이중 '독서'가 약간의 발전을 보이고는 있지만 범위의 제약을 받고 있어 아직은 과거 국어과목의 테두리를 크게 벗어나지 못한 것으로 보인다.

인류의 위대한 문헌은 오히려 가르치는 일이 더욱 적다. 나는 왜 『신약성서』가 교육 대상에서 제외되고 있는지 이해할 수가 없다. 그보다 더 보잘것없는 문약한 글들은 가르치면서 인류 역사에 엄청난 영향을 미친 성서가 교육되지 않는 것은 부자연스런 일이다. 마찬가지 이유로 『논어』와 불교 경전을 가르칠 필요가 있다고 나는 생각한다. 크리스마

스와 부처님오신날을 공휴일로 지정하고 있는 유별난 나라가 교육에서 그 가르침을 제외하고 있다는 것은 도무지 일관성이 없다.

특히 유교와 불교는 우리나라의 오랜 역사를 통하여 민족 지성을 육성해 온 대표적인 사상들이 아닌가! 나는 지금까지도 아주 못된 선입견 한 가지를 가지고 있는데 그것은 아무리 하버드다 옥스퍼드다 하는 대학에서 학위를 받고 돌아와 자타가 공인하는 지식인이라 할지라도 불교적 사유를 섭렵하지 못하고 불교정신에 젖어본 적이 없는 사람은 도무지 지식인으로 간주를 하지 않는다는 것이다. 이게 또 하나의 편견이라는 것을 잘 알면서도 나는 이 편견을 좀처럼 버리고 싶지가 않다. 나의 이 고집에는 오늘날 우리 사회를 규정하고 있는 더 크고 지배적인 편견에 저항하는 차원이 분명히 있다고 보기 때문이다.

사회, 역사, 지리도 나는 이 통합 독본에 포함시킬 수 있지 않을까 생각한다. 아프리카의 실상에 관한 사회학적, 지리학적 교육은 동시에 훌륭한 보고문학이 될 수도 있다. 영어교육은 청교도혁명이나 남북전쟁에 관한 역사교육과 통합될 수 있고, 환태평양 지진대에 관한 지리교육과 통합될 수도 있을 것이다. 아니면 조토Giotto의 미술사적 의의나 대금산조의 음악적 특성과 통합될 수도 있을 것이다.

이러한 통합은 단지 통합을 위한 통합이어서는 곤란할 것이다. 여러 과목을 그냥 섞어놓는 것이라면 공연히 교육자 양성만 어렵게 할 뿐이다. 통합은 단위 과목이 가진 편협한 교육목표를 수정하고 국민적 교양

을 증진시킨다는 새로운 교육적 목표를 설정하면서 그 목표 아래에서
모든 것이 새로운 의미로 제시되는 것이어야 할 것이다.

　나는 그 외형만을 넓게 지칭하여 이를 독본교육讀本敎育이라고 부르
고 싶다. 이 독본교육을 통하여 우리는 자라는 아이들에게 인류의 오
랜 미덕인 관용과 협조, 정의, 용기, 준법정신과 애국심, 인류에 대한 봉
사, 성실과 정직 그리고 사랑을 가르쳐야 한다. 물론 독본교육이 그 모
든 것을 할 수 있다는 것은 아니다. 독본교육은 더 큰 교육적 지표 속의
한 부분일 뿐이다. 아니 우리가 말하는 교육 그 자체도 사실 저 혼자서
만 무언가를 해내기에는 무력한 것이 현실이다. 교육도 우리가 지향하
는 더 큰 지평에 있어서는 역시 한 부분일 뿐이다. 그런 만큼 독본교육
도 우리가 온몸으로 몰고 가는 더 큰 지향 속에서 스스로 자기 격格을
찾아가야 할 것이다. 독본교육이 그 모든 기대를 한 몸에 질 수는 없는
일이지만 최소한 국·영·수라는, 저 구멍가게 진열대와 같은 칸막이 안
에서 새로운 무언가가 나오는 것은 기대하기 어려운 것이 아닌가 한다.

　제대로 된 교육의 바로미터를 나는 별나게 잡지 않는다. 제대로 된
교육은 12년 동안이나 엄청난 교육비를 들여 가르쳐놓은 아이들이 길
바닥에 아무렇게나 침을 뱉지 않게 하는 교육이다. 독본교육이라는 꿈
도 그 원대한 꿈에 비하면 사실 조그마한 한 귀퉁이의 일에 지나지 않
는 거라고 나는 생각한다.

해리 골든의 수필집

나는 소설이나 수필은 잘 읽지 않는다. 웬만한 소설이나 수필은 채 열 장을 넘기지 못하고 중단하고 만다. 그런데 미국의 유명한 수필가 해리 골든이 쓴 『생활의 예지』는 그런 점에서 극히 예외적인 것이었다. 물론 그것을 처음 읽은 것은 내가 스무 살인가 스물한 살인가 하는 새파란 나이 때였다. 하숙집 골방에서 뒹굴며 이 책을 보고 또 보던 당시 나는 많은 젊은이들의 경우처럼 까닭보를 청춘의 열병을 앓고 있었다. 청춘 이 나에게 안겨주는 미숙의 부담 때문인지 그 책은 내게 노수필가의 여 유와 담담함, 번득이는 재치와 세상에 대한 애정 어린 안목으로 비쳐졌 다. 영혼이 피곤하고 일상이 갑갑할 때 나는 해어지고 해어진 이 페이 퍼백 문고판 수필집을 이곳저곳 뒤적이며 안식을 얻곤 했던 것이다.

그 책을 잃어버린 것은 20대가 거의 끝나갈 무렵이었던 것 같다. 낙

제와 휴학, 제적, 복적, 군입대, 복학 등으로 어지럽게 이어지던 20대의
터널에서 간신히 빠져나와 사회생활이라는 새로운 단계에 진입하기 위
해 그럭저럭 자신을 수습해 가던 단계에서 나는 무슨 상징과도 같이 이
책을 잃어버린 것이다. 그후 나는 다시 그 수필집을 보지 못했다. 그러
나 그 수필집에서 반복하여 읽었던 몇몇 내용은 살아가면서 내가 수없
이 반추하는 소재가 되었다.

　　내가 아주 오랫동안 기억한 것 중의 하나는 이 책의 맨 첫 작품으로
「여급에게 잔소리를 하지 않는 이유」라는 작품이었다. 노수필가는 그
수필에서 우주의 크기와 별들의 거리에 대해 아주 자세하게 언급해 놓
았다. 이를테면 우주 공간의 수억이나 되는 유성이나 항성이 서로 충돌
하지 않는 것은 우리의 생활 공간에서 수천 마일이나 떨어진 두 티끌이
충돌하지 않는 것과 같다던가 하는 식이다. 그리고 그런 수많은 우주세
계에 대한 언급 끝에 그는 말하고 있는 것이다.
　　"이 모든 것을 생각할 때 식당의 여급이 라이마콩 대신 강낭콩을 가
져왔다고 잔소리를 하는 것은 어리석은 일이다."
　　또 이런 것도 있다. 젊은 시절부터 신문 스크랩을 하는 버릇이 있었던
그는 1차 대전이 전개되고 있던 어느 날 영국 전함 햄프셔 호와 함께 키
치너 경이 서거하였다는 신문기사를 소중히 스크랩해 두었다. 그러나
정작 세월이 수십 년 흐른 후에는 오히려 그 스크랩보다 그 스크랩 뒷

면의 조각난 기사가 더 '역사적'인 의미를 가지더라는 것이다. 키치너 경의 서거 기사 이면에는 내일부터 우유를 가게에서 국자로 퍼서 팔지 않고 포장된 위생병 속에 넣어 판매한다는 광고가 있었다는 것이다.

또 어떤 수필은 사람은 서서히 나이를 먹지만 내가 늙었다고 느끼는 것은 어느 날 문득 느껴진다는 점을 얘기하고 있다. 그리고 골든 자신은 스스로가 처음으로 늙었다고 느낀 시점이 어느 날 순경들이 모두 젊어 보이던 날이라 했다.

또 있다. 그것은 이 수필가가 본 영화 〈시민 케인〉을 소개한 것이었는데 신문 발행자로 거부가 되었던 케인이 눈을 감기 전에 "장미꽃 봉오리"라는 말을 남기고 죽었다. 이 사실이 알려지자 기자들과 편집자들은 그것이 무슨 뜻인지, 큰 기업과 관련이 있는 말인지, 숨겨진 애인의 이름인지 그 의미를 파악하기 위해 바쁘게 돌아다닐 때, 영화 장면에 오버랩 되는 한 장면은 관객들에게 그것이 무엇인지를 알려준다. 장미꽃 봉오리는 그가 가난한 농가의 소년이었을 적에 그가 타던 썰매의 상표였다는 것이다. 이런 수필의 장면 장면이 20대 초입의 그 암울하던 하숙방의 기억과 함께 오래 나의 뇌리를 지배해 왔던 것이다.

그러다가 몇 해 전이었다. 나는 새로 생긴 Y대형 서점에서 책도 사고 서점 구경도 할 겸 해서 들렀다가 참으로 우연히 거의 20여 년 전에 잃어버린 이 수필집을 발견했다. 비록 깔끔하게 코팅된 표지와 손이라도 베일 듯 빳빳한 미색모조지가 낯설기는 했지만 세로쓰기에 드문드문 한자가 박힌 옛 판형 그대로의 이 수필집이 바로 그 문고본의 모습으로 내 앞에 나타난 것이다.

책을 사들고 집에 와 나는 한 이틀에 걸쳐 이 책을 다시 읽었다. 그리고 나는 20년 내지 30년에 걸친 세월이 무엇을 어떻게 바꾸어놓았는지를 절실히 깨닫게 되었다. 우선 노수필가로 기억하고 있었던 해리 골든은 그 수필들을 쓸 당시는 '노'자를 붙이기에는 약간 이른 나이였던 것으로 드러났다. 또 그의 아름다운 작품들은 번창일로에 있던 미국 사회의 낙관주의와 연관이 있는 것으로 보였다. 소재를 바라보는 그의 재치 있는 눈이나 여유 있는 유머는 때때로 지나치게 계산되어 있다는 느낌도 받았다. 그 때문에 나는 그의 기지 있는 문장을 내내 불안한 심정으로 읽지 않을 수 없었다. 그래서 그런지 칼 샌드벅과의 만남을 서술한 한 글에서는 그가 샌드벅의 권위를 이용하고 있는 것이 아닌가 하는 의혹마저 들었다. 그가 유태인이라는 사실은 책의 곳곳에서 반복적으로 밝히고 있음에도 불구하고 어떻게 나의 기억에는 조금도 남아 있지 않은지도 의아스러웠다.

다시 읽은 그 책에서 내가 얻은 것이라고는 아무것도 없었다. 무엇이 변한 것일까? 좋은 의미에서 내가 성숙한 것일까? 아니면 세상을 바라보는 나의 눈이 그 옛날의 순진함을 잃어버린 것일까? 혹은 그가 제시하는 세계가 더 이상 내 영혼의 위안이 되기에는 내 영혼의 조건이 달라진 것일까?

　구태여 책을 다시 산 것을 후회하지는 않았지만 나는 책을 잃어버린 후 이 책에 대해 지니고 있었던 기억의 순수함에로 되돌아갈 수는 없게 되었다. 말하자면 골든의 수필집은 20대 초반의 내 황무한 의식에 떨어진 한 알의 씨앗이었고, 그 씨앗은 책을 잃어버리고 있던 기간에 걸쳐 저 나름의 회억의 논리에 따라 멋대로 자라고 가지를 뻗었던 것이다.

　해리 골든의 수필집은 내 서가의 한 모퉁이에서 다시 세월의 먼지를 맞고 있다. 그것은 마치 내 20대의 고뇌와 방황이 이제 더 이상 오늘의 현실에까지 반향을 보내지는 않는다는 것을 선언하는 것처럼, 세월 저쪽에, 벗어놓은 허물처럼 놓여 있다. 그것은 무슨 상실의 징표 같기도 하지만 또 어떻게 보면 홀가분한 정리의 징표 같기도 하다. 아마도 그 양의를 함께 가지고 있겠지만 나는 아직 그 양의를 조화롭게 일치시키지 못하고 있다. 마치 내 기억 속의 지 너풀거리는 낡은 수필집과 코팅된 표지의 새 수필집이 내 감수성 속에서 영영 하나의 실체로 일치되지 못하듯이.

김명인 시낭송회

〈시의 숨결〉

문학과지성사 주최

2000. 8. 21. 월요일 오후 7시 30분~9시 30분

금호미술관 3층

김명인 시인 시낭송회

  프로필을 보니 그는 1946년생이었다. 의사가 되려다 장학금을 받기 위해 시공부를 한 것이 시인의 길로 들어선 계기가 되었다 한다. 어렸을 적의 다소 불행했던 가정환경과 경북 울진의 바다가 그의 시세계에 반영되어 있는 듯하다고 해설을 담당한 한 평론가는 지적했다. 그는 내가 두 해 전에 아내의 성화에 못 이겨 벗어던진 것과 같은, 커다란 뿔테

안경을 쓰고 있었다.

끝날 무렵 그는 그의 시인생을 이야기하며 다음과 같은 취지의 말을 몹시 쑥스러워 하는 눌변으로 피력했다.

> "시로서 남을 감동시키자면 먼저 시인 자신이 자기 시에 감동해야 한다. 시를 쓰며 나는 더러 눈물이 나올 정도로 내 시에 감동을 하는 경우가 있다. 나는 시를 쓰는 것보다 더 좋은 삶을 아직 찾지 못하였다. 그리고 한번 시의 세례를 받은 사람은 영영 거기서 벗어나지 못하는 것이 아닌가 생각한다."

시의 세례를 말하는 대목에서 누군가가 혼자서 부리나케 박수를 쳤다. 객석에 앉아 있던 예순이 넘은 황동규 시인이었다. 그분보다 몇 줄 뒤, 같은 객석의 어둠 속에 앉아 나는 내가 시를 쓰던 시절을 생각해 보았다. 시를 잊고 살아온 생활이 너무 오래되다 보니 그 시절이 무슨 선사시대처럼 아득하게 느껴졌나.

모임을 끝내고 돌아오는 광화문 전철역에서 나는 교통카드에 무슨 문제가 있는지 개찰구가 열리지 않아 들어오지 못하고 있는 아내를 알면서도 내버려둔 채 혼자서만 지척지척 계단을 내려갔다. 아내는 급기야 전철 출입문 모퉁이에 돌아서서 눈물을 찍어내었지만 나는 미안하다는 말조차 꺼내지 못했다.

휴일 오전, 나는 이부자리에 누운 채로 낭송회에서 받아온 시집을 다시 보다가 「비오기 전에」라는 시를 읽고 예기치 않은 '감동'을 받았다. 그리고 그가 스스로 말한 "나 자신도 나의 시에서 눈물이 날 정도로 감동을 받는 일이 있다"고 하던 그 시에 이 시도 포함이 되는지 상상해 보았다. 시간 속에 가로놓인 길—혹은 영원함—을 보는 시인의 눈, 커다란 잠자리테 안경 속의 그 눈을 남들도 느끼는지 궁금한 마음에 전문을 옮겨본다.

비 오기 전에

- 仁煥에게

늦봄의 저녁 한때를 나는 남방 소매 걷어올리고

허리에 고무줄 댄 짧은 반바지 입은 채

담배를 붙여 물기 위해 현관 계단에 앉아 있다

언덕길로 아이들 앞세운 젊은 부부가 손을 맞잡고

천천히 걸어 올라간다

저들의 산책은 지금 집 주위를 맴돌지만 머지않아

아이들이 버리는 이 배회의 한가함을 나처럼

혼자 지키는 때가 올 것이다

누구의 가담 없이도 우리 중심은

어느 틈에 변경된다. 시간을 건너지 않고서 무엇으로

우리가 늙는다 하겠느냐

아이들 재잘거림이 어스름 속으로 나직이 깔려가는

언덕 저켠에서 낮에 본 아카시아가

꽃향기를 전해온다

나는 조금 전 내 방 서가 틈새에 놓인

해안 단애를 배경으로 여럿이서 찍은 사진을

보고 왔다. 어깨 너머로 출렁거리는 수평선

저쪽으로 몇 년 전의 시선들이 꺾여 있다면 네가 바라보는

일몰 또한 이곳까지 닿지는 못할 것이다

오월의 이쪽은 한 저녁이 비를 준비하고 있다

아니다. 비 오기 전에는 비가 오기까지

예측되는 짧은 순간이 있다. 나는 오래 예측되면서

사는 것을 바라지는 않았다

그것조차 욕망의 흔적이라면

나는 흘러가버리는 시간의 앞뒤 순서를 늦게라도

뒤바꾼다. 비 오기 전에도 달은

구름 사이에 있거나 구름 속에 있었다

내가 본 것은 금방 지워질 내 알리바이일 뿐, 비가 와도

달은 중천을 건넌다. 나는 이제 증명하지 않는다

살아내기에도 우리 인생 너무 벅찬 것이다

흘러가는 틈새에서 네가 바라보는 꽃,

언젠가는 기억이 전혀 닿지 않는 곳에서도 향기를 뿌리고

씨를 앉힐 것이다

그러므로, 피는 것과 지는 것의 거리가 한없이 넓어질 때

그만큼의 간격으로 사람 사이에 길이 있다 하자

나는 이제 어두워서 누가 그 길 오고 가는지

저문 뒤에도 우리 길 여전할지

내리기 시작하는 비에 겹쳐 모든 생각 지우면서

후미진 골목 끝을 오래 바라보고 있다

젊은 날의 노오트

『젊은 날의 노오트』—혹 이런 책 제목을 기억하는 분이 계실는지 모르겠다. 1961년에 처음 발간되었고 지은이는 정치근鄭致根이라는 분으로 정무심鄭無心이라는 필명을 사용하고 있었다. 종로에 있던 무슨 학원에서 영어를 가르치셨다는데 이분이 쓴 영어 참고서가 당시로서는 인기가 좋았다고 한다. 책 발간 당시는 30세가량의 젊은 나이였을 것으로 추정된다.

이 책은 참 특이한 구조와 내용을 지니고 있다. 소설도 아니고 에세이도 아니고 근접하게 말하자면 에세이를 소설적 구도 속에 풀어놓은 것이라고 할 수 있다. 북한산 자락에 살고 있는 '나'(남자 고등학생)의 이웃에 임석영林夕影이라는 선생님 한 분이 이사를 오면서 이야기는 전개된다. 부인과 자식을 모두 사별하고 혼자 사는 이 선생님의 집에 지양이라는 여학생이 자주 놀러오면서 임 선생님이 두 학생에게 들려주는 수많은 이야기들이 그대로 이 책의 내용을 구성하고 있다. 그러니 무슨 스토리 같은 것이 특별히 있을 수 없다.

그 내용은 임석영 선생님의 교양의 폭만큼이나 종횡무진 하여 어떨 때는 수많은 꽃들의 꽃말이 소개되기도 하고 셰익스피어나 토마스 하디 작품의 한 구절이 소개되기도 한다. 또 브라우닝의 영시나 당나라 시인의 오언절구가 원문과 번역문으로 제시되기도 한다. 칸트의『실천이성비판』의 저 유명한 구절

> "그것을 생각하는 일이 자주며 또 오래면 오랠수록 더욱 새롭고 또 점점 더하여지는 감탄과 숭경으로써 마음을 채우는 것이 두 가지가 있다. 그것은 내 위에 있는 별이 반짝이는 하늘과 내 속의 도덕률이다."

를 처음 대한 것도 그 책에서였다. 따라서 이 책은 중고등학교 청소년들이나 대학생들에게 무언가 소중한 이야기를 들려주겠다는 나름대로의 집필 의도를 가진 것이 틀림없다. 특히 삶의 진정한 가치를 어디에서 찾을 것인가 하는 문제를 집요하게 추구하고 있는데 그에 관한 임석영 선생님의 가치관은 강한 휴머니즘과 탈속에 기초해 있었다. 또 매우 금욕적이기도 했다. 참고로 그 책에 나오는 임석영 선생님의 말을 소개

해 보면 다음과 같다.

과히 세상 것에 가치를 두지 않음이 좋다. 바이블에 의하면 세상 것은 다 '육신의 정욕·안목의 정욕·이생의 자랑'이라고 했다. 이것들은 다 언젠가는 새와 같이 날아가버린다고 했다. 잎과 같이 시들어버린다고 했다. 꽃과 같이 떨어진다고 했다. 물과 같이 흘러간다고 했다. 그림자 같이 지나간다고 했다. 철학의 궁극목적은 신神을 찾는 데 있다. 신만 찾았다면 세상 다른 모든 것은 없어도 좋다.

절대로 간식을 마라. 냉수마찰을 하라. 많이 걸으라. 하루 사오백 개씩 빠짐없이 스키핑Skipping을 하라. 사과는 많이 먹을수록 몸에 좋으며 단 것은 안 먹을수록 몸에 이롭다. 외출에서 돌아와서는 반드시 소금물로 목을 깨끗이 하며, 하루 꼭꼭 한 번씩은 변소에 가라.

나는 이제는 성욕 같은 것은 초월할 수 있다고 생각한다. 아름다운 여자를 보고 아름답다고 생각하는 것은 누구나 마찬가지다. 그것은 마치 아름다운 꽃, 아름다운 한 폭의 그림을 보고 누구나 아름답다고 생각하는 거와 같다. 그러나 나는 아름다운 여자를 보고도 아름다운 꽃, 아름다운 한 폭의 그림을 바라볼 때 이상의 욕심을 품고자 하지 않는다. 물론 쉬운 일이 아니다. 어려운 일이다.

인간 일생의 거의 모든 독서는 학생시절에 하게 된다. 이때를 놓치면 결국 영원히 시야가 좁고, 생각이 좁고 견식이 좁은 근시안적 사람이 되고 만다. 더구나 대학 4년의 학생생활은 어떤 의미에 있어서는 독서의 가장 마지막 기회라고 해도 좋다. 그러므로 내가 이제 손 모아 두 사람에게 간절히 빌고 싶은 것은 그대들이여 다독하라, 정독하라, 묵독하라, 숙독하라 …… 독서 태도에 관하여 세상에 박이정博而精이란 말이 있다. 박博은 다독을 의미하고 정精은 정독을 의미한다. 즉 독서는 다독과 정독을 아울러 해야 한다는 말이다.

내가 이 책을 읽은 것은 중학교 2학년 때였다. 시기적으로만 본다면 이런 책의 영향을 받기 쉬운 때였다. 한편으로는 그 임석영 선생님이라는 분이 가진 인생관이며 삶의 자세가 지나치게 감상적이고 너무 문예주의적이라는 느낌도 들었지만 그런 느낌보다 더 강하게 임석영 선생님의 인생관과 세계관이 어린 영혼을 파고들었을 것이다. 이를테면 그 책의 강한 탈속적 특징은 내가 20대 초반에 불교의 세계에 빠져든 것과 어느 정도 관련이 있지 않을까 생각해 본다. 또 그 책의 뚜렷한 기독교적 분위기는 내가 기독교 사상에 긍정적으로 다가가는 계기가 되었을 것이다. 심지어 내가 서른이 넘은 나이까지 상당히 구체적으로 독신주의를 견지했던 것이나 물질 또는 성의 문제에 있어서 강한 죄의식을 가지게 된 것도 비록 전부는 아니지만 이 책에 어느 정도의 영향을 받았을 가능성이 있다.

그중에서도 특히 내게 아주 강한 영향을 준 것은 그 책의 마지막 부분에 나오는 한 장면에서 비롯되었다. 그것은 6·25가 발발하고 많은 사람들이 한강을 건너기 위하여 내려가는 상황을 소묘한 부분이었다. 당시 이미 한강다리는 끊어져 있었고 수많은 사람들이 다시 나룻배를 타기 위하여 강가로 몰려가고 있었다. 해당 부분을 옮겨보면 다음과 같다.

우리들은 오래 동안 마치 생지옥과도 같은 강가의 정경을 내려다보고 있었다. 지옥인들 저렇게까지야 하겠는가고 말하는 소리가 어디선가 들려왔다. 파리 목숨만도 못한 사람의 목숨이라고 장탄식하는 소리가 났다.

피난을 단념하고 돌아서는 사람이 많았다.

"우리들도 도로 가자. 비록 가면 살고 안 가면 죽는다고 결정지어 있을지라도 할 수 없는 일이다."

우리들은 듣고만 있었다.

"그렇지 않으면 당신들 같은 것들은 죽어도 좋으니 내가 살아야 한다고 지금 저 사람들과 같이 남을 물속에 차 넣으면서도 배에 오를 용기가 있느냐?"

지양이 먼저 발길을 돌렸다. 나도 돌렸다.

우리들의 발걸음은 천천히 옮겨졌다. 삶을 찾아 남쪽으로 남쪽으로 한강을 향하여 발을 재촉하는 피난민의 무리는 아직도 밀물처럼 밀려나오고 있었다. 얼마를 걸어가다 지양이 무대 위의 배우의 독백처럼 말하였다.

"죽음을 향하여 걸어가는 용감한 세 사람!"

우리들은 꼭같이 가가대소하였다.

이 장면은 내가 세상을 살아오면서 어떤 선택 앞에 섰을 때 종종 떠올리는 상징적인 장면이 되었다. 그 강 언덕에서 세 사람이 내린 판단과 행동을 나는 구태여 어떤 용기의 차원에서 생각하고 싶지는 않다. 어쩌면 그때의 선택은 달리 어찌 할 수도 없는 상황으로도 보이기 때문이다. 그런데도 이상하게 내게는 그것이 어떤 성스러운 선택처럼 보였다. 그리고 세상을 살아오면서 내 뇌리에 박힌 그 서늘한 '돌아섬'의 정경은 모든 선택은 마땅히 이래야 한다, 이처럼 가볍고 조용하고 고결해야 한다고 말해 주는 것 같았다. 말하자면 어린 소년의 뇌리에 비친 그 한 정경은 자유와 박애와 인격의 존엄과 그 모든 빛나는 기치를 다 망라하는 상징처럼 깊이 각인되었던 것이다.

결국 세 사람 중 임석영 선생님과 임 선생님을 끔찍이 존경하던 지양은 공산당원들의 손에 끌려 미아리 고개를 넘어가고 화자인 '나'만 남아 그동안 임석영 선생님으로부터 들었던 모든 이야기와 편지글 등을 모아 이 『젊은 날의 노오트』를 기록하게 된다. 저자의 후기에 1958년

12월 25일이라고 적혀 있는 것을 보면 이 글은 50년대 후반에 쓴 것으로 보인다. 그래서 그런지 이 글의 정신은 50년대의 아스라한 감수성을 담고 있다. 자유당 말기라 실제로는 엉망진창의 사회풍토였을 테지만 그래도 나는 요즈음 종종 그 시대의 정신적, 사회적 풍경에 향수를 느낀다. 그것은 내가 나이가 들어서도 아니고 회고 취미에 사로잡혀서도 아니다. 단지 저 경제개발이 남긴 씻을 수 없는 독소, 오늘의 인간들을 이욕利慾의 제물로 꼼짝없이 포박해 놓은 저 처참한 세태 앞에서 그 상대적 원시시대인 50년대의 정신적 풍경에서 잠시 마음을 쉬어보고 싶어서이다.

『젊은 날의 노오트』는 지금 서점에 없는 책이다. 한때는 헤르만 헤세의 『데미안』과 더불어 학생들 가방 검사시에 가장 빈도 높게 나온 책이었다지만 지금으로서는 시대의 조류에도 맞지 않을 것이다. 그래도 형식이가 중학교 2학년이 되었을 때 나는 공연히 다급한 의무감을 느껴 국립노서관에 두 번씩이나 찾아가 이 책을 복사해 왔다. 그러나 세로쓰기에 복사상태마저 불량한 이 책을 형식이는 거들떠보지도 않았다. 그래서 복사본 한 부가 지금 내 서가에 부질없이 꽂혀 있다.

정무심 선생님이 살아 계신다면 아마 지금쯤 일흔 정도의 노인이 되셨을 것이다. 비록 이 책에 대하여 내가 중학교 2학년 때 내린 평가, 너무 감상적이고 문예주의적인 폐단에 빠져 있다는 생각을 아직도 철회하지 않고 있지만 정무심 선생님 같이 자라나는 아이들에 대하여 순수한 관심과 열정을 가지신 분도 그리 흔치 않다고 생각한다. 오늘날에도 많은 선생님들이 편의적이고 재미있고 엽기적인 것만 추구하는 아이들과 그들을 그런 쪽으로 몰아가는 막무가내의 세상을 안타까운 눈으로 바라보고 있다. 그러나 세태가 아무리 바뀐다고 하지만 꿈과 이상은 언제나 우리의 생명을 이끄는 힘이다. 여건이 어려워질수록 우리는 그 힘을 믿어야 한다. 『젊은 날의 노오트』는 나에게 바로 그 믿음을 심어준 책이었다.

기억의 인간성

　　지난해 나는 고등학교 졸업 후 생전 처음으로 동창회에 참석한 적이
있다. 그때 친하게 지냈던 한 동창생을 30년 만에 만나게 되었다. 옛날
그 친구의 집이 학교 가까이에 있었기 때문에 나는 종종 그 친구의 집
에 놀러가곤 했다. 그런데 30년이 지나 다시 만나니 그 친구와 관련하
여 구체적으로 생각나는 것이 아무것도 없었다. 그와 나누었던 대화도,
그의 어떤 행동에 관한 것도, 또 그와 함께 겪었던 어떤 일도 도무지 기
억나지 않았다. 내가 그 친구와 관련하여 유일하게 그리고 생생하게 기
억할 수 있었던 것은 단지 그의 집 이층으로 올라가는 삐걱거리는 나무
계단(그의 집은 일본식 집이었다)과 이층 거실 입구에 놓여 있던 책꽂이
속의 『세계전후문학전집世界戰後文學全集』이었다. 그것만큼은 녹색의 표
지와 갈색의 글씨까지, 심지어는 한자로 씌어진 서체까지 또렷이 기억

이 났다. 왜 오직 그것만이 기억되었을까?

인간이 무언가를 기억한다고 하는 것은 사실 기억되는 것과는 비교할 수도 없을 만큼 많은 것을 망각하는 것이다. 그런데 어떤 것을 기억하고 어떤 것을 망각하는가 하는 것을 생각해 보면 거기에는 아주 까다롭고 정치한 선별기준이 작용하고 있는 것 같다. 그리고 그 기준은 인간의 의지에 속한다기보다는 아무래도 기억의 자율신경에 속한다고 하는 것이 나을 만큼 많은 부분이 의식 이전의 영역에서 이루어지고 있다. 그렇기 때문에 우리가 기억의 이유에 대해 묻는다면 사실 설명하기가 곤란해진다. 『세계전후문학전집』이 기억된 것은 어쩌면 전후戰後, post-war라는 말이 주는 모종의 전위적인 느낌 때문이었는지도 모른다. 전후의 세계에서 형성되고 있다는 새로운 지적 분위기에 대한 막연한 호기심과 기대가 작용했을 것이라는 말이다. 그러나 그렇다고 하더라도 그 친구와 관련하여 다른 것들은 다 무료하고 심심한 것이었을까? 그렇지는 않을 것이다. 결국 기억의 선별기준에는 까다롭고 변덕스러운 무언가가 있다고 인정하지 않을 수 없다.

그럼에도 불구하고 이 설명하기 곤란한 선별기준에 나는 광범위하게나마 '인간적'인 무언가가 있다고 본다. 수년 전 아버지께서 돌아가셨을 때 멀리 강원도에서 사촌 누님이 문상을 오셨다. 체구도 얼굴도 조그마한 이 큰집 맏누님은 내가 아주 어렸을 때 이미 출가를 하셔서 나도 두어 번 얼굴만 뵈었을 뿐이었다. 이 누님이 아주 슬피 우시면서 하시는 말씀이 이러했다.

"옛날 작은아버님이 내 손을 꼭 잡고 어루만지시며 '집안은 크고 니 손은 이렇게 작다' 하시면서 눈물을 글썽이시더니……."

큰어머님이 일찍 세상을 떠나셨기 때문에 대가족인 큰집의 온갖 일을 맏딸이 챙길 수밖에 없는 사정을 안타깝게 여겨 아버지께서 위로하셨던 이 말을 그 누님은 50년이 넘게 기억하고 있었던 셈이다. 잊을 수 없는 그 위로의 말은 인간적인 것이다.

지나간 것을 애틋하게 기억하는 사람은 그 점에서 인간적인 사람이라고 말할 수 있다. 반대로 이기적이거나 냉혹한 사람은 기억작용에, 혹은 기억기준에 다소 문제를 가진 사람일 수도 있다. 이미 사람을 잘 알아보지 못하는 노모를 극진히 돌보는 자식의 마음속에는 잊고 산 도시락을 들고 복도를 서성거리던 어머니의 모습, 그 남루한 모습이 부끄러워 도시락을 빼앗듯이 받아들고 돌아서던 철없던 자신에 대한 기억이 작용하고 있다. 병으로 쓰러지기 전에, 실직하기 전에, 늙기 전에, 혹은 이런저런 사정으로 헤어지기 전에 한없이 서로를 사랑했던 기억은 인간적인 것이고 어려워진 상황 속에서도 우리를 끝까지 인간적인 모습으로 남아 있게 하는 힘이 된다.

　그렇다면 그토록 친했던 친구를 다시 만났을 때 아무것도 기억하지 못하고 유독 『세계전후문학전집』만을 기억한 나의 이 기억력은 과연 인간적인 것인가 아니면 비인간적인 것인가? 나는 아직도 그 결론을 내리지 못하고 있다.

헌 책 이야기

헌 책을 사는 재미도 이젠 옛 이야기가 되었다. 웬만한 책들은 새 책 가게에 가면 거의 다 살 수 있기 때문이다. 절판된 책이 있기는 하지만 이 경우에는 헌 책 가게가 눈에 띄게 줄어들어 헌 책을 구입한다는 것 자체가 아주 어렵게 되었다. 어쩌다가 만나는 헌 책 가게에 가보면 대여 중심으로 운영되고 있는 것이 보통이다. 또 얼마 남아 있지 않은 청계천의 헌 책 가게들도 대부분 대학생들의 학습교새나 아동도서가 주종을 이루고 있다. 다양한 종류의 헌 책들이 호기심을 자극하며 즐비하게 꽂혀 있던 모습은 이제는 좀처럼 찾아볼 수 없는 광경이 되었다.

자신이 간절히 원하던 책을 헌 책방에서 찾았을 때의 기쁨은 헌 책방을 출입해 본 사람이라면 누구나 경험하는 것이다. 그러나 왜 그 경우에 기쁨이 일어나는가 하는 것은 아주 개별적이고 구체적인 조건하에서 이루어지기 때문에 그것을 단순하게 남에게 이야기를 하면 아무도 같은 정도로 공감해 주지를 못한다. 이를테면 대학에 다닐 때 김형석 교수님께서 유럽에서도 구하지 못했던 E. H. 곰브리치의 *History of Art* 를 청계천의 한 헌 책방에서 우연히 구했을 때의 기쁨에 대해 이야기하신 적이 있었는데 '정말로 좋으셨겠구나' 하는 정도지 그 기쁜 마음이 그대로 느껴지지는 않았다. 기쁨이 느껴지는 것은 당시 그 책에 대해 가지고 있던 기대의 간절함과 그것을 충족시키지 못하고 있던 기간의 오램 등등이 다양하게 상승작용을 하여 만들어지기 때문이다.

내게도 물론 그런 경험이 있다. 기억나는 한 책은 김윤수金潤洙 씨의 『한국현대회화사韓國現代繪畵史』다. 1975년 한국일보사에서 간행된 이 조그만 문고본은 한국미술사에 깊이 빠져 있던 80년대 중반, 원동석의 미술평론집 『민족미술의 논리와 전망』에서 소개받았던 것이다. "일제 시기의 근대로부터 모더니즘에 오기까지 역사적 시각에서 총체적으로 예술정신을 비판하고 있는, 비평방법의 전환기를 가름하는 의의 있는 역저"라는 원동석의 평가와 일부 인용문에 자극을 받았던 모양이다. 그 러나 이미 새 책방 어디에도 그 책은 남아 있지 않았다. 청계천 일대를 다 돌아다녔지만 역시 구하지 못했다. 내가 그 책을 만난 것은 그 책을 구하는 것을 사실상 포기하고 마치 이 세상 어디에도 그 책이 있을 것 같지 않은 느낌을 가지고 있던 때였다. 서울역 인근 어느 헌 책방에서 책 구경을 하다가 우연히 그 책을 발견했던 것이다. 오래된 책이라 정가 200원보다 100원이 더 많은 300원을 달라고 했지만 나는 서점 주인이 당장이라도 "아니오. 그 책은 워낙 희귀본이라 팔 수가 없소" 할 것만 같아 서둘러 돈을 치르고 도망치듯 서점을 나왔다. 마치 귀중한 보물을 훔쳐가지고 나오는 듯한 느낌이었다.

물론 이렇게 증폭된 기대를 걸었던 책이 다 오래 기억에 남거나 결정적 영향을 준 책은 아니다. 김윤수의 그 책도 공들여 구한 것에 값하는 책이기는 했지만 나는 그 책을 다 보지는 않았다. 또 지금 내 서가에서 특별히 더 빛을 발하고 있는 것도 아니다. 한국미술사에 대한 관심 자체가 이미 내게 있어서 오래 전의 관심이 되어버렸기 때문이다. 생각하면 중요한 것은 구하려는 책에 있었다기보다 그 책에 대한 기대를 가지고 그것을 구하려고 애쓰던 나의 마음속에 있었던 것이 아닌가 한다.

조금 다른 경우도 있다. 내가 문학이라는 것에 대해 눈뜰 무렵, 대부분의 내 또래 아이들은 백수사白水社 간행의 『한국단편문학전집』 전 5권을 통해 문학에 대한 욕구를 충족시키고 있었다. 그래서 헌 책방에서 책을 보다가 이 『한국단편문학전집』만 보면 무슨 아득한 고향의 모습을 보는 듯한 감회와 친근감에 젖곤 했다. 그런데 어떤 기회에 나는 이 다섯 권짜리 전집이 원래 『한국단편소설전집』이라는 이름 하에 세 권으로 나왔던 것인데 워낙 반응이 좋고 잘 팔리자 해방 이후 신진 작가들의 작품을 추가하여 다섯 권으로 확대한 증보판임을 알게 되었다. 그것을 알게 되자 내가 보지 못한 그 세 권짜리 초판, 해방 이전 작가들의 작품만으로 만들어졌다는 전집이 못내 궁금해졌다. 급기야 그 궁금증은 내가 보지 못했다는 점, 또 내 선배들이 보던 것이라는 점, 더 나아가서는 우리나라 최초의 문학전집이었다는 점에서 점점 신비롭고 전설적인 이미지를 띠어가게 되었다. 그 책을 우연히 청계천 헌 책방에서 만난 것은 불과 2년 전 어느 날이었다. 요즈음은 좀처럼 들르지 않는 청계천 헌 책방에 우연히 들렀다가 '이곳은 무조건 천 원'이라고 써붙인 잡동사니 코너에 그 초판본 세 권이 얌전하게 쌓여 있는 것을 본 것이다. 비록 누렇게 색이 바래기는 했지만 보존 상태는 아주 양호했다. 속표지에 화려한 인장이 셋이나 찍힌 것을 보면 원래의 소장자는 꽤나 애서가였던 모양이다. 이 책은 지금 내 서재의 책꽂이들 중에서도 유리문이 달린 책꽂이 안에 소중히 모셔져 있다.

후자의 경우가 조금 더 발전되면 고서나 기타 희귀도서 수집 취미가 될 것이다. 그러나 나의 경우 원칙적으로 그런 취미는 없다. 읽기 위해서가 아니라 단지 귀중한 책이기 때문에 산 것이라고는 이 『한국단편소설전집』 외에 내가 초등학교 다니던 시절에 배우던 국어 교과서와 사회 교과서를 얼마 전에 권당 만 원 가까이 주고 산 것이 고작이다. 그것도 엄밀한 의미에서 보면 나의 성장기와 특별한 인연이 있어 산 것이니 일반적인 컬렉션 차원이라고 보기는 어렵다.

개인적으로는 책의 아우라Aura에 특별한 의미를 부여하고 싶지 않다. 오히려 책에 대하여 지나치게 연연하는 자세를 조금은 경멸하는 편이라고 하는 것이 옳을 것이다. 왜냐하면 추구해야 할 궁극적인 모습은 책의 길을 다 섭렵하고 나서 그것이 일소된 내 한 몸에서만의 성취라고 굳게 믿어 왔기 때문이다. 불교적인 생각이고 또 효봉 스님이 법정스님에게 『주홍글씨』를 불살라버리게 한 것과도 어느 정도 이어질 수 있는 생각이다. 책을 지나치게 좋아하는 것을 서음書淫이라고 하여 경계했던 고인들의 자세도 어느 정도 연관이 있을 것이다.

그러나 어떤 책 한 권을 구하기 위해 이곳저곳 헌 책방을 뒤지고 다니던 그 막연하던 열정이 요즈음은 그 못지않게 의미가 있는 것 같다. 그것은 내가 어느 결에 책에 대한 젊은 날의 저 지향을 잃고, 인류의 앞선 고민과 숙려에 대한 정당한 평가와 존경을 잃고, 나태에서 비롯된 안주, 그 안주에서 비롯된 지적 교만에 빠져 있는 것은 아닌가 하는 생각을 아니 할 수 없기 때문이다. 사람이 나이를 먹으면서 갖게 되는 저 '둥삐'이라는 징그러운 지혜가 나의 머리에도 피하지방처럼 쌓이고 있는 것은 아닐까? 그것이 정당한 안목과 감수성을 가로막고 있는 것은 아닐까?

책 그 자체에 지나치게 덕지덕지 의미와 가치를 갖다 붙이는 것도 피해야 할 일이지만 지혜를 담고 전달하는 책의 의의를 얼치기 선승처럼 근거 없이 무시하는 것도 바람직한 일은 아닐 것이다. 책은 어디까지나

책이다. 책 이상도 책 이하도 아니다. 책이 너무 가볍게 취급되는 것은 책이 물건으로, 무엇보다 상품으로만 취급되는 자본주의의 천박한 풍토 때문이다. 책을 가지는 것은 돈이 아니라 책에 대한 열정, 다시 말해서 책 속의 길에 대한 갈구이어야 할 것이다. 그래서 때로는 좋은 책은 돈으로 살 것이 아니라 그 옛날처럼 수백 리 수천 리를 찾아가서 경건한 마음으로 필사하는 그 정성으로 구하게 하였으면 좋겠다는 생각마저 든다. 아니 꼭 그렇게야 할 수 없지만 책에 대해서만큼은 지금보다 구하기가 좀 힘들어져서 청계천 5가에서 7가까지의 다리품 정도는 팔아서 얻게 되었으면 좋겠다는 생각이다. 말하자면 책에 관한 한 지금보다는 저 수십 년 전의 세상 환경이 내게는 더 균형이 맞는 것처럼 여겨진다.

지금 생각하면 별것도 아닌 파울로 프레이리의 *Pedagogy of the Oppressed* 같은 해적판 원서를 단지 그것이 당국에 의해 압수 조치되었다는 사실만으로 기를 쓰고 구하러 다니던 일도 돌이켜 생각해 보면 우리에게 알려져 있지 않던 새로운 관점에 대한 간절한 지향 때문이었다. 스스로를 기꺼이 미숙未熟으로 규정하고 더 성숙된 안목, 더 완전한 조망을 찾아 마음껏 헤매고 허우적거리던 것이 그 어설픈 겉모습에도 불구하고 진리에 훨씬 가까이 있었다는 사실을 요즈음은 아쉬움 속에서 자주 생각해 보게 된다. 그리고 진리는 결코 충족이 아니라는 사실을 허전한 그리움 속에서 다시금 수긍하지 않을 수 없게 된다.

정리정돈의 철학

　정리정돈에 철학이라는 말을 갖다 붙이는 것이 합당한가 하고 말할 분들이 있을 것이다. 나 또한 그렇게 생각한다. 왜냐하면 나는 종종 정리정돈이 철학 이상이라고 느낄 때가 많기 때문이다. 그러나 이 말은 결코 정리정돈이 지선至善이고 그렇지 못한 것이 그 반대라는 뜻은 아니다. 이를테면 김수영의 「누이의 방」 같은 시는 그것을 잘 말해 준다.

누이의 방

똘배가 개울가에 자라는
숲속에선
누이의 방도 장마가 가시면 익어가는가

……

누이야

너의 방은 언제나

너무도 정돈되어 있다

입을 다문 채

휜실에 매어달려 있는 여주알의 곰보

창문 앞에 安置해놓은 당호박

平面을 사랑하는

코스모스

역시 平面을 사랑하는

킴 노박의 사진과

國內小說册들……

이런 것들이 정돈될 가치가 있는 것들인가

누이야

이런 것들이 정돈될 가치가 있는 것들인가

    시인은 누이의 정돈된 방에 조용히 항의하고 있다. 그의 견해에는 그의 세계관이 드러나 있고 그 세계관은 결코 만만치 않다. 모든 것이 제자리를 잃고 헤매는 이 혼란한 세상 한 모퉁이에서 여주알과 당호박과 코스모스와 킴 노박의 사진과 국내 소설책들이 과연 정돈되어야 하는

가? 도무지 정돈될 가치라도 있는 것들인가? 이쯤 되면 정리정돈은 충분한 무게의 화두가 된다.

그러나 같은 정리정돈에 대해서 역시 만만치 않은 견해를 그 반대편에서 제기하는 경우도 만날 수 있다. 토정土亭 이지함李之菡이 일찍이 남명南冥 조식曹軾을 찾아갔을 때다. 남명이 거처하는 방을 보니 붉은 빛, 푸른빛으로 아담하게 꾸며놓았는데 책상은 화려하게 정돈되어 있고 남명은 단정한 자세로 앉아 책을 보고 있었다. 토정이 "선생은 어찌 그리 사치를 하오" 하고 힐난하자 남명은 이렇게 말했다.

선비는 마음을 다스리고 기운을 기르는 것을 으뜸으로 하므로 눈
에 보이는 것은 다 그것을 바로잡으려고 할 뿐이오
士以治心養氣爲主, 接於目者, 皆欲其正耳.

둘은 서로 손을 잡고 기뻐했다.

과연 김수영의 수위가 더 위인지 조식의 수위가 너 위인지 난언하기는 어렵지만 이 정도면 정리정돈에 철학이라는 말을 붙이는 것쯤은 무방하지 않을까? 또 꼬인 전화줄만 보면 때와 장소를 가리지 않고 기어이 풀고야 마는 나의 기벽도 용서받을 만하지 않을까?

성숙의 논리

인터넷의 이런저런 글쓰기 코너를 서핑하다 보면 젊은이들의 아주 좋은 글들을 만나는 경우가 있다. 대단히 날렵하고 솔직하고 또 글 쓴 사람의 순수함이 유감없이 전해지는 이런 글을 만날 때 나는 기분이 유쾌해진다. 그리고 글쓰기의 호흡이 과거와 많이 달라졌다는 것을 실감하고 누군가가 내게 "당신의 글 솜씨는 수준급이기는 하지만 이미 요즈음 호흡은 아니다"고 하던 말을 수긍하지 않을 수 없다.

그런데 이 유쾌하고 즐거운 기분이 그 이튿날까지 이어지는 경우가 별로 없다는 것이 또 특이한 경험이다. 이튿날까지 이어지지 않는다는 것은 이튿날에 다시 생각해 볼 계기를 그 참신한 글이 제공하고 있지 않다는 것을 말할 것이다. 나는 그 이유로 크게 두 가지를 생각해 보았다.

한 가지는 요즈음 젊은이들의 글이 신선해 보이기는 하지만 동시에 대단히 즉물적이고 감각적이라는 사실이다. 나는 이 현상이 오늘날의 풍요와 관련이 있다고 생각한다. 아직도 가난한 사람들은 얼마든지 있지만 어쨌든 이 사회의 주된 분위기를 엮어내고 있는 것은 풍요다. 물질적으로 부족을 느끼지 않는 상태가 오래 지속되면서 인간은 정신적으로도 부족을 느끼지 않게 된 걸까? 이유야 여하튼 오늘의 젊은이들은 있는 그대로를 솔직하게 드러내는 것을 대단한 기준처럼 여기면서 점점 사물의 앞뒤를 돌아보는 일을 게을리 하고 있다. 내가 그들의 글에서 느끼는 리얼리티는 대부분 표피적 리얼리티다. 사물은 거의 현재적, 정태적 차원에서 포착되고 있고 과거와 미래 사이의 긴장 속에서 동태적으로 포착되는 일은 드물다. 솔직함은 정태적 단계에서의 소극적 이념이다. 다시 말해서 이 솔직함은 즉물적으로 눌러앉아 있는 솔직함이지 어떤 창조적 계기로서의 솔직함에는 미치지 못하고 있다.

사람은 선한 무언가를 추구하는 가운데에서 위선의 위험도 안게 된다. 그래서 위선에 빠지지 않으려고 하는 가운데에 솔직함도 적극적 의미를 가지고 창조석 계기가 되는 것이다. 선을 추구하는 힘이 없으면 위선에 떨어질 위험도 없고 따라서 솔직함도 본래의 입지를 잃는다. 솔직함이 소극적 이념이 되는 단계에서는 오히려 솔직함이 추구함 자체를 거부하고 타락에 즉물적으로 충실할 것을 요구하는 역기능을 가지게 된다. 실로 오늘날의 솔직함은 위선의 반대말이 아니라 단지 내숭의 반대말일 뿐이다.

다른 한 가지는 젊음이 자폐적이라 할 만큼 정체적停滯的이 되었다는 것이다. 그것은 반드시 오늘날에만 그런 것은 아니고 모든 시대에서 다소간 그러했던 것인데 오늘날의 여건 속에서 더 강화된 것이다. 사실 모든 젊음은 자폐적인 요소를 가지고 있다. 그래서 모든 젊은이들은 그의 현재 나이가 몇 살이든 간에 더 이상 나이를 먹지 않고 이 단계에 계속 머물렀으면 좋겠다고 하는 이루어질 수 없는 희망을 가져보는 것이다. 그것은 젊음이 개방적 요소를 가지고 있고 성장 과정에 있다는 말만큼이나 당연한 것이다. 마치 부푼 풍선의 표면은 풍선 내부의 압력도 받고 있지만 그 자체가 지닌 고무질의 응축력도 안고 있는 것과 같다.

다만 과거에는 젊음이 어디까지나 인생의 관문으로 이해되었던 만큼 전체적으로 보았을 때 그 자폐적 요소는 성장의 힘에 밀리며 문을 열고 다시 닫고 또 다시 여는 반복을 통해 극복되는 요소로 이해되고 있었다. 그러나 요즈음은 젊음이 과정이 아니라 무슨 주어진 선물이나 신의 축복, 인생의 특권처럼 여겨지고 있다. 젊음은 전반적으로 향유되고 있다. 그래도 우리 시대는 이것이 문화적으로 얼마나 위태로운 것인지를 알지 못하고 있다. 젊음의 향유적 체질은 대량 소비사회의 체질과 결합되어 있고, 사회의 제반 체제는 젊은이들의 엄청난 구매력에 비위를 맞추며 재편되고 있다.

이렇게 젊음은 폐쇄적이면서도 폐쇄적이라는 사실마저 상기하지 못하고 농익은 과일처럼 떨어지고 만다. 젊음이 그 자체로서 아름다운 것은 사실이다. 젊음은 작지만 그 나름의 꽃이다. 채송화는 채송화대로 아름답고 봉선화는 봉선화대로 아름답고 해바라기는 해바라기대로 아름답다. 그 점에서 젊음을 신의 선물이라고 생각할 여지는 분명히 있다. 그러나 작은 완성은 아름답지만 더 커지기 위해서는 그 완성을 포기하고 다시 불균형과 미완성의 단계를 스스로가 설정하여야 한다는 데에 모든 성장의 어려움이 있다.

성장과 성숙에는 이미 만들어진 세계와 환경을 부분적인 것으로 만들면서 더 큰 세계로 진입하는 불가피한 과정이 있는 것이다. 더 큰 세계에로 진입하면서 기왕의 세계는 '창조적 왜곡'을 겪게 된다. 탈각脫殼은 곤충의 세계에만 적용되는 것이 아니다. 젊음이 진정으로 아름다운 것이 되려면 그의 존재를 통째로 비틀면서 다가오는 이 창조적 왜곡을 담고 있어야 한다. 이른바 청춘의 열병이라는 것이 이름을 붙일 수도 없고 이유도 알 수 없는 것은 그것이 존재 전체에 작용하는 범주적인 요소를 안고 있기 때문이다.

그래서 때로는 유려하고 깔끔한 글보다 짜임새도 없는 독백투의 고심참담한 글이 돌아서서 생각하면 더 뭉퉁한 느낌으로 와닿는 경우가 있다. 실제 그런 글을 숨어서 쓰며 스스로의 자화상을 끊임없이 다시 그려보려는 젊은이들도 적지는 않을 것이다. 그런 젊은이들의 숨은 글과 그 글의 아직은 일그러진 모습에 더 기대를 걸고 싶다.

사라져가는 말들

제행무상諸行無常이라 하였으니 세상에 변하지 않는 것은 없고 언어 또한 마찬가지일 것은 당연한 일이다. 그러나 실제 우리가 익숙하게 쓰던 언어가 하나둘 삶의 주변으로 밀려나고 어느 결에 새로운 언어가 등장하는 것을 느끼는 순간에는 다른 데서와는 또 다른 무상감無常感이 있다. 언젠가 아이가 초등학교에 다니던 시절에 '뒤안'이 무엇이냐고 물어왔을 때에도 비슷한 느낌을 받았다. 그때는 한옥의 구조를 설명하면서 어찌어찌 대답은 하였지만 언어의 생멸은 생멸하는 사물들을 중심으로 가장 확호히 일어난다는 것을 새삼 절감하게 되었다.

사실 짚신이니 상투니 새경이니 하는, 이미 완전히 사라져 우리의 경험 밖에 있는 말들은 정작 이렇다 할 느낌을 남기지 않는다. 그러나 뒤안이나 선반, 부지깽이, 신작로, 장작, 양철쪼가리 같은, 아직 우리 추억 속에 번쩍이며 살아 있지만 현실적으로는 삶의 변두리로 아득히 밀려난 언어들은 어쩔 수 없이 착잡한 감회를 전하게 되는 것이다.

문제는 이런 언어의 급격한 생멸이 삶의 감수성에 있어서 유장悠長한 무언가를 간단없이 파괴하고 있다는 사실일 것이다. 그것은 우리의 경험의 동질성을 저해하면서 세대 간의 의사소통을 단절시키고 있다. 우리가 겪는 변화는 그런 점에서 비인간적이다. 그 속도는 너무 빨라서 우리로 하여금 우리의 인간됨 속에 차분히 머물러 그것을 공감하고 함께 나눌 어떠한 여유도 부여하지 않고 있다.

아이가 느닷없이 뒤안이 무엇이냐고 물었던 기억은 지금도 내 가슴에 무슨 상처처럼 남아 있다. 그것은 단절의 상처다. 내가 아이에게로 갈 수 없고, 아이가 나에게로 올 수 없는 그 단절은 시대의 상처이기도 하다. 한옥의 구조만 가지고는 도저히 설명되지 않는, 그 뒤안의 고요, 회벽에 서걱이던 마른 시래기 타래, 긴 행렬을 이루던 개미떼들, 사금파리와 녹슨 못을 달구던 여름날의 뙤약볕, 엉성한 판자담에 무성히 기어오른 나팔꽃 넝쿨, 혹은 시린 겨울날의 늘어선 고드름이나 그 끝에서 규칙적으로 떨어지던 차갑고 맑은 물방울 같은 것들은 이제 그 숱한 생멸과 변화와 속도와 그 속도의 피상에 가려 영원히 소통될 수 없는 단절의 세계로만 남아 있는 것이다.

돈쓰기의 미학

　돈 쓰는 것이 자연스러운 사람을 나는 부러워한다. 나도 이 기술을 배우려고 의식적, 무의식적으로 적잖이 노력해 왔다고 할 수 있는데 아직도 나의 돈쓰기는 어색한 구석이 있다. 돈쓰기를 나는 대단한 미학의 하나라고 생각한다. 돈쓰기의 행태는 단순한 행태가 아니라 삶에 있어서 돈 내지 재화를 보고, 이해하고, 다루는 '관점'에서 나오는 것이며 그 점에서 세련된 돈쓰기는 그 관점의 성숙을 의미한다고 나는 믿는다.

　돈 있는 사람이 돈쓰기에도 여유가 있다던가, 돈 없는 사람이 돈쓰기에도 여유가 없다는 등식이 성립되지 않는 것을 보면 돈쓰기는 돈에 종속된 것이 아니라 사람에 종속된 것임이 틀림없다. 내가 아는 한 친구는 돈을 참으로 자연스럽게 쓴다. 그는 우리 친구들 중에서 돈이 적은 편에 속한다. 그러니 그가 돈을 자연스럽게 쓴다는 것은 엄밀하게 말하면 돈을 안 쓰거나 적게 쓸 때의 모습이 자연스럽다는 말이다. 이를테면 그가 술값을 내는 것도 자연스럽지만 술값이 없어 내지 못할 때에도 그는 여전히 자연스럽다.

나로 말할 것 같으면 돈을 쓴 경우에는 비록 많은 돈을 썼다 하더라도 별로 개의치 않는 편이지만 돈을 써야 할 처지에서 이런저런 사정으로 돈을 쓰지 못한 경우에는 적잖이 부담을 느끼는 편이다. 내가 돈 문제에서 아직 자유롭지 못하다는 뜻이다.

고등학교 때 교과서에 나온 월남 이상재 선생의 일화도 그와 관련된 것으로 기억하고 있다. 월남 선생이 한겨울에도 불을 때지 않은 찬 방에 기거하는 것을 보고 찾아온 어느 청년이 땔감이라도 사시라고 돈을 드렸더니 치료비가 급한 어느 다른 청년에게 선뜻 그 돈을 주어버리더라는 것이다. 그래서 돈을 준 청년이 어쩌시려고 그 돈을 다 주어버리느냐고 하니 월남 선생은 태연히 "사정을 아는 사람이 있으면 또 주겠지"했다는 것이다. 나는 돈에 대하여 이 정도의 뻔뻔함은 갖추어야 비로소 자유롭다는 말을 할 수 있으리라 생각한다.

하긴 우리나라의 지난 역사에서는 제 스스로의 수입이라고는 한 푼도 없이 남의 돈을 내 돈처럼 쓰며 한 평생을 살아간 정치가나 예술가나 기인奇人들이 적잖이 있었다. 그것이 잘못되면 남의 경제적 삶에 기생하는 것이 되지만 얻어 쓰는 사람이나 대어주는 사람이나 서로 기껍고 만족할 만한 관계가 있을 수 있는 것이다. 대부분 그것은 얻어 쓰는 사람의 삶의 행적을 둘러싸고 양자가 동지적 우의友誼을 함께하는 경우일 것이다.

자본주의의 질서가 점점 보편화되고 그 질서가 모든 다른 질서를 침탈해감에 따라 이런 관계도 점점 보기 드물어지고 있다. 그러나 자본주의의 평계를 대기 이전에 나의 돈쓰기가 기본적으로 나와 남을 아직은 갈라놓고, 그 갈라놓은 바탕 위에서 돈을 쓰고 안 쓰는 데에 따른 부담을 느끼고 있다는 것은 나의 지향이 아직은 터무니없이 미온적인 상태에 있다는 것, 나의 지향이 아직은 홍수처럼 모든 경계—특히 나와 남, 내 것과 남의 것의 경계—위를 거침없이 범람하지 못하고 봇물처럼 이 세상의 얕은 질서 사이를 요리조리 눈치를 보아가며 초라하게 움직이고 있음을 말해 주는 것이라 생각한다.

그렇다면 돈쓰기는 단지 미학적이기만 한 것이 아니라 어쩌면 인생의 근본적인 과제와 관련된다는 점에서 종교적 차원을 가지고 있고 그런 더 높은 차원 속으로 발전적으로 해소되는 것이 마땅한 과제인지도 모른다.

작은 손해를
감수하는 일

윤 하사와 당앙

세상 경험을 통하여 우리가 산지식을 배운다는 것은 확실히 맞는 말이지만 그 지식이 반드시 올바른 지식이라고 보장할 수는 없다. 좁은 목적의식이 선택하는 전략적 사고는 종종 도달해서는 안 될 위험한 지식에 도달하기 때문이다. 나는 언젠가 한 동료로부터 "어느 조직이든 새로 부임하는 보스는 처음에는 조직원들에게 가혹할 정도로 엄했다기 차츰차츰 관대해져야지 그 반대가 되면 안 된다. 그 이유는 가혹했다가 관대해져야 관대해졌다는 것을 의식하게 되며 처음부터 관대하면 그것을 관대함으로 받아들이기보다 당연하게 여기며 또 오히려 나중에 가혹해질 경우 원망하게 된다"는 이야기를 듣고 인간의 전략적 사고가 얼마나 기괴한 논리로 떨어질 수 있는지를 느낀 적이 있었다.

그 비슷한 경험을 나는 군대에서 한 적이 있는데 내가 조교로 근무하던 훈련소의 내무반장 중에 윤 하사라는 친구가 있었다. 기간병 내무반에서 그는 약간 성미가 급하고 촌티가 나는 것 외에는 오히려 덜렁거리고 때로는 우스갯소리도 잘하는 평범한 중고참에 지나지 않았다. 그러나 그가 내무반장을 하는 훈련병 소대에 가보면 모든 것이 완전히 달랐다. 훈련병들은 그의 표정 변화 하나에도 전전긍긍하는 것이 한눈에 관찰되었다. 한번은 이 내무반에서 무슨 분실 사고가 있어 윤 하사가 난리법석을 친 적이 있었다. 나는 그때 우연히 그 광경을 목격한 적이 있었는데 소대원들은 마치 광신도들이 그들의 교주에 대하듯 일제히 울부짖었고 몇몇은 그의 바짓가랑이를 잡고 벌벌 떨고 있었다. 그것은 놀랍고도 인상적인 광경이었다.

얼마 후 나는 윤 하사와 둘이 있는 자리에서 지나가는 말로 어떻게 그렇게 소대원들을 '훌륭하게' 장악할 수 있었느냐고 물어보았다. 그랬더니 그의 대답이 이러했다. 애들은 칭찬해 줄 만한 일에 칭찬해 주고 화낼 만한 일에 화를 내면 절대 내무반장을 무서워하지 않는다는 것이다. 칭찬을 들을 줄 알았는데 화를 내고, 화를 낼 줄 알았는데 뜻밖에 칭찬을 듣고, 한마디로 미친 척해야 비로소 내무반장을 무서워하게 된다는 것이다. 이 말을 하며 그 촌스럽고 약간 어리석기까지 한 윤 하사가 내밀한 비법이나 전수한다는 듯이 시익 웃던 그 웃음은 나의 마음 깊은 곳에 알 수 없는 전율을 일으켰다.

제대를 하고 또 내 나름대로 사회생활을 하면서 나는 종종 윤 하사가 했던 그 말을 떠올리며 좁은 목적의식에서 선택하는 전략적 사고의 위험성을 새삼스럽게 절감하곤 했다.

전략적 사고는 일단 목적을 고정시킨다. 여기에서 모든 것이 빗나가기 시작하는 것이다. 중요한 것은 우리가 설정한 목적 자체의 의의와 한계를 깨닫기 위해 노력하는 것이다. 어떠한 목적도 스스로를 반성하는 기제를 잃어버리면 그 다음 순간 죽음의 빛깔을 띠게 된다. 그리고 그 목적의 무조건적 쟁취를 위해 전략적 사고가 발동하는 순간 이미 악령은 그의 검은 날개를 퍼덕이기 시작하는 것이다.

제대를 한다고 번들거리는 워커에 개구리복을 한껏 빼어 입고 예의 그 이죽거리는 웃음을 흘리며 허청허청 연대 정문을 나가던 윤 하사의 그 산지식은 지금은 어디서 어떤 모양으로 진행되고 있을까? 그에 대한 기억도 세월이 흐름에 따라 아물아물 잊혀져가던 어느 날 나는『여씨춘추呂氏春秋』를 읽다가 홀연 윤 하사와 함께 그의 웃음이 내 마음속 깊이 일으키던 그 진율을 다시 만나게 되었다. 윤 하사는 개구리복 대신 긴소매의 비단옷을 걸치고 2천여 년 저쪽에서 여전히 그 웃음을 흘리고 있었던 것이다.

송강왕宋康王이 재상인 당앙唐鞅에게 물었다.

"나는 많은 사람을 죽였는데도 신하들이 여전히 무서워하지 않으니 어찌된 일이오?"

당앙이 대답했다.

"임금께서 죽이신 것은 모두 착하지 못한 사람이었습니다. 착하지 못한 사람을 죽이는데 착한 사람이 겁낼 리가 있습니까? 착하고 착하지 않은 구별 없이 마구 닥치는 대로 죄를 주는 것이 좋습니다. 그러면 신하들은 무서워할 것입니다."

그로부터 얼마 지나지 않아 송왕은 당앙을 죽였다.

당앙의 기사가 나오는 『여씨춘추』의 편명은 「음사淫辭」였다.

가장 무서운 사람

훈련소 조교나 내무반장들은 가끔 훈련병들에게 쓸데없는 질문을 던진다. 대개 "사회에서 무엇 하다 왔어?"라든가 "누나 있어? 예뻐?" 등등인데 묻는 쪽이나 대답하는 쪽이나 다 무료하고 따분해서 하는 대화들이다.

그런 질문들 중에서 또 하나 흔히 던져지는 질문은 "조교나 내무반장 중에서 누가 제일 무서워?" 하는 것이다. 그러면 대개 자주 거명되는 사람이 두엇 나온다. 그중에 차 하사가 자주 포함되었다. 그는 날렵한 몸매에 성질이 불칼 같았기 때문에 그가 연병장 구령대에 올라가 갈라지는 목소리로 한번 악을 쓰면 2백여 명의 동작이 바람에 수수밭 밀리듯 일사불란해지곤 했다.

훈련병들은 무서워했지만 사실 그는 시를 좋아했고 삶의 진지한 주제들에 관심이 많았으며 그런 주제들에 기울이는 관심의 방식도 대단히 섬세했다. 그래서 병과 하사 사이였지만 그는 나와 '일상적이지 않은' 대화를 종종 나눌 수 있다는 것을 대단히 기꺼이 여겼던 걸로 기억한다.

그러던 어느 날 차 하사가 조금 상기된 표정으로 내게 찾아와 말을 걸었다.

"이봐, 이 병장. 나 오늘 참 희한한 녀석을 만났어."

그의 이야기인즉 몇 내무반의 아무개라고 하는 훈련병에게 저 흔한 "누가 제일 무서우냐?" 하는 질문을 했다는 것이다. 그랬더니 그는 물어본 사람이 머쓱해질 정도로 담담하고 조용한 어조로

"대화도 설득도 통하지 않는 사람이 이 세상에서 제일 무섭지요."

하더라는 것이다. 차 하사가 지목한 그 훈련병은 나도 알고는 있었는데 얼굴빛이 유난히 희고 팽팽한 자존심의 일단이 초라한 훈련복 아래에서도 다 가려지지 않고 내비치는 친구였다. 훈련병들을 끊임없이 받다 보면 한 기期에 한두 명 정도는 꼭 이런 친구들을 만난다. 나는 그런 친구들을 언제나 주목하여 왔지만 의도적으로 일정한 거리 이상으로 가

까이하지는 않았다. 차 하사는 그렇지 않은 것 같았다. 그는 그런 친구들을 비교적 잘 찾았고 또 그런 친구들에게 말을 걸고 대화하기를 즐기는 스타일이었다. 그래서 그런지 그 이야기를 하는 차 하사의 얼굴은 다분히 상기되어 있었다.

세상을 살아가면서 지금은 얼굴마저 까맣게 잊어버린 그 훈련병이 했다는 말을 종종 생각하게 된다. 사회생활을 오래 하다 보면 상대하는 사람들의 폭이 더 넓어지고 더 넓어지는 만큼 공유하는 인식의 폭이 더 좁아지는 반비례 관계를 경험한다. 그래서 간혹 다른 사람들과의 사이에서는 당연히 서로 접고 들어갈 수 있는 공유의 부분에서 예기치 않게 불일치와 엇박이 발생하는 것을 체험하기도 한다. 대부분의 경우 그것은 나름대로 돌파구를 찾게 되는데 어떤 경우에는 심각한 상황으로까지 번지는 경우가 있다. 바로 그때 종종 "대화와 설득이 통하지 않는 사람이 제일 무섭다"고 한 그 훈련병의 말이 생각나는 것이다.

나의 요즈음의 화두는 ㄱ 어간에 형성되어 있다. 문제는 대화와 설득이 통하지 않는 그 사람에게 있는 것이 아니라 그럼에도 불구하고 그와의 교통로를 뚫지 못하고 있는 나의 부덕不德과 불비不備에 있다는 것이 그 화두의 한 축이다. 그리고 다른 한 축은 그 반대쪽에서 나중에 형성된 것이다. 즉 예수의 곁에도 가롯 유다가 있었고 석가모니의 곁에도 제바달다가 있었는데 나 같이 어리석은 중생의 곁에 선남선녀만 있기를 바라는 것은 또 다른 도덕적 과욕일 뿐이라는 것이다.

아마 둘 다 맞을 것이다. 세상은 순탄치만은 않다. 그리고 세상을 살아가면서 만나는 그 어느 누구도 다 나에게는 시사적示唆的이다. 조금 격을 높여 말한다면 다 계시啓示을 주고 있다고 해도 좋다. 어쩌면 절대 통하지 않는 사람은 더 크고 더 절대적인 계시를 주고 있는지도 모른다. 그 선에서 화두를 조금씩 정리해 가고 있다.

그나저나 그 이야기를 듣고 상기된 모습으로 내게 이야기를 전하던 차 하사야말로 세월이 지나고 생각해 보니 참 특별한 사람이었다는 생각이 든다. 확실히 그는 남다른 안목이 있었다. 그날도 그는 이렇게 말했다.

"그런데 말이야. 그 이야기를 듣고 나니 나는 그놈이 무서워지더라고."

지금도 나는 청주대학교를 나왔다는 사람만 만나면 차 하사를 생각하고 그의 검은 얼굴과 갈라지는 목소리, 그리고 예리하던 눈빛을 생각한다.

작은 손해를 감수하는 일

군대란 곳은 이상할 정도로 청명한 곳이다. 군대생활을 해본 사람은 나의 이 말을 이해할 수 있을 것이다. 그곳에서는 인간의 유형도 아주 윤곽이 뚜렷한 몇 가지로 나누어지고 인간성도 금방 그 전모가 드러난다. 그에 비하면 일반사회는 몇 배나 탁하고 여러 수단으로 분식扮飾되어 있어 한눈에 전모가 드러나는 일이 드물다. 그러나 군대는 단순하고 솔직하다. 그래서 거기서 볼 수 있었던 인간이나 사건의 유형은 내가 이 사회의 다양한 현상들을 좀 더 단순화시켜 이해하려 할 때 종종 떠올리는 대입代入 변수가 되곤 했다.

여기에 소개하는 오래 전의 아주 조그마한 사건도 그런 의미에서 내가 이 세상을 보는 데 중요한 틀이 되어주었다.

사건의 발단은 내가 복무하던 논산훈련소의 모 중대에서 화장실 유리창 하나가 분실된 데에서 일어났다. 이 뒤처리를 다른 중대의 화장실 유리창을 밤에 몰래 뽑아다가 박아놓는 것으로 처리했던 것이다. 참고로 논산훈련소의 막사는 현대식 건물로 모두 판에 박은 듯이 지어져 있다. 모든 규격이 똑같으니 이런 조치가 가능했던 것이다.

자, 그 다음은 어떻게 되었을까? 도난을 당한 중대에는 비상이 떨어졌다. 밤에 보초근무를 섰던 기간병이나 훈련병들은 기합을 받았고 즉시 원상복구를 위한 '특공대'가 조직되었다. 그러면 그 다음 날은 건너편에 있는 다른 중대의 분위기가 심상치 않게 돌아갔다. 열두 개 중대에 이 일은 금방 공공연한 비밀이 되어버렸다. 각 중대의 보초근무는 강화되었고, 특히 화장실 주변에는 방한복을 두툼하게 차려 입은 여러 명의 동초動哨가 밤새 배치되었다. 어제는 어느 중대가 당했다더라 하는 이야기나 어느 중대에서는 대낮에 상대방의 허를 찌르는 작전이 성공했는데 선임하사가 직접 작전을 진두지휘했다더라 하는 이야기가 식기 세척장의 화젯거리가 되곤 했다.

그러던 어느 날 이 스릴 넘치는 게임에 종지부를 찍는 소문이 들려왔다. 6중대가 마지막으로 창틀을 도난당했고 그 사실은 6중대장에게 보고가 되었다. 물론 그는 이 소문을 들어 알고 있었다. 그런데 그는 다른 중대장들과 달리 행동했다. 그는 선임하사를 불렀다. 그리고 그의 지갑에서 돈을 꺼내어 지금 즉시 영외에 가서 창문틀 하나를 제작하여 오도록 했던 것이다. 이 소문은 금방 열두 개 중대에 퍼졌다.

그날 이후 6중대장은 다른 모든 중대장들과 뚜렷이 구분되었다. 하루 아침에 그는 우리 사병들 사이에서 특별한 인물이 되었다. 그를 만나면 우리는 좀 더 큰 목소리로 "충성"을 외쳤고 경례를 받는 그의 태도는 훨씬 더 여유가 있어 보였다. 아마 몇몇 중대장들은 왜 자신도 그처럼 남다른 발상을 하지 못했는지 후회하는 경우도 없지 않았을 것이다. 어쨌든 부대는 다시 평화를 찾았고 우리는 빛나는 기억 하나씩을 가지게 되었다. 그것이 내가 말하고자 하는 사건의 전모다.

제대 후 내게는 이 단순한 사건이 이 세상의 어지러운 현상을 분석해서 판단하는 데에 무슨 공식이라도 되는 듯이 종종 회상되곤 했다. 그렇다. 세상은 훨씬 더 다양하고 단선보다 복선이 많고 여러 타래가 얽혀 있기는 하지만 유형을 단순화시켜 보면 거기에도 문제를 일으키는 한 명의 양심불량이 있고, 그렇게 발생한 문제의 소용돌이 속에서 '내가 공연히 손해볼 수는 없다'는 일념에서 이 문제를 대책 없이 유전流轉시키는 열 명의 평범한 사람들이 있고, '내가 조금 양보하겠다'는 마음으로 그 문제를 타결 짓는 한 명의 특별한 결단이 있는 것처럼 내게는 자꾸만 느껴지는 것이다.

사실 조그마한 손해를 감수하는 것, 한 발작쯤 양보하는 것은 결코 어려운 일이 아니다. 때로 그것은 한두 시간의 수고나 점심값 정도의 금전에 지나지 않는 경우도 많다. 엄밀하게 생각해 보면 그러한 양보가 우리를 특별히 궁지에 몰아넣지도 않고 그로 인하여 무거운 짐을 짊어지게 되는 것도 아니다.

묘한 것은 그러면서도 많은 사람들이 그렇게 하는 것은 사뭇 바보짓 같고 모든 사람들이 공인하는 삶의 질서로부터 홀로 이탈하는 것 같은 느낌을 준다는 것이다. 실로 그렇다. 열 명의 중대장들이 아무도 그 쉬운 발상을 쉽게 하지 못한 데에는 세속적 삶을 지배하는 끈질긴 가치관의 중력이 작용하고 있었기 때문이라 할 수 있다.

조그마한 손해를 감수하는 일은 생각하면 하나의 일탈이다. 그것은 단 한 발자국에 지나지 않지만 그것이 가능하기 위해서는 평균적 가치관에 저항하며 구축된, 다소 고독한 가치관이 필요하기 때문이다. 한 발자국에 지나지 않는 것을 위해 한 개인은 그의 내면에서 일탈이 주는 위협과 싸우고 때로는 삶의 현장에서 구체적 소외와 싸워야 하기도 한다.

그 한 발자국을 확보할 수 있는 사람을 나는 행복한 사람이라고 생각한다. 그는 비록 한 발자국을 물러섰지만 그의 앞에는 몇 배나 더 넓은 영지가 확보되기 때문이다. 삶에는 이런 신비스런 장치가 있고 그런 것을 발견해 갈 수 있는 삶은 행복한 삶이 아닐 수 없을 것이다. 지금은 어디서 무엇을 하고 있는지 모르지만 그 깡마르고 얼굴이 검고 키 큰 6중대장의 그후의 삶에 나는 이런 행복이 반드시 있었을 것이라 믿는다.

일하는 것을 먼저 하고
그 결과는 나중으로 하라

소설가 박영준 선생님이 세상을 떠난 지도 어언 25년이 되었다. 나는 그분과 특별한 인연이 있었던 것은 아니지만 딱 한 번 그분으로부터 따끔하게 꾸중을 들었던 일이 삶의 소중한 기억으로 남아 있다.

내가 대학교 1학년인가 2학년 때였다. 당시 나는 문학서클에 가입해 있었는데 국문학과 학생들이 중심이 되어 운영되는 문학서클에서 법학과 학생은 지금 생각해 보면 뜨내기 취급을 받고 있었다. 그러나 나는 그런 것에는 별로 신경을 쓰지 않았고 단지 초등학교 5학년 때부터 한 번도 문예반을 떠나보지 않았던 터라 그저 문학 이야기를 나누는 것이 좋고 다른 사람이 쓴 작품을 보거나 내 작품을 남들에게 보이는 기회를 갖는 것이 좋아 꼬박꼬박 모임에 참석을 했던 것 같다.

내가 비교적 심혈을 기울여 「비 오는 날의 약속」이라는 단편소설을 쓴 것은 이 어름이었다. 20대 초반의 약간 우울한 감성을 바탕으로, 성장기에 있어서 싱클레어에 대한 데미안과도 같았던 어느 친구와의 재회를 앞두고 약속장소에 가면서 현재와 과거를 끊임없이 오버랩시키는, 나로서는 내용과 형식에 걸쳐 여러모로 전위성을 추구한 야심작이었다.

이 작품을 나는 당시 곧 발간 예정이던 학교 교지校誌에 싣고 싶었다. 고등학교 때에도 나는 몇 번인가 내가 쓴 글이 활자화되는 것을 경험했지만 글쓰는 사람으로서 10대 후반이나 20대 초반에 자신의 악필이 깨끗한 활자로 변신하여 나온 인쇄물을 보고 환희를 느껴보지 않은 사람은 없을 것이다. 그래서 나는 그 작품을 당시 교지 편집에 관계하고 있던 문학서클의 어떤 선배에게 갖다 주고 게재를 부탁했다. 며칠 후 그 선배에게 갔더니 그는 다 읽어보았다면서 호평도 악평도 아닌 몇 마디 모호한 말을 들려주더니 소설을 교지에 실으려면 먼저 박영준 교수님의 허락을 받아와야 한다는 것이었다.

내가 조금만 세상물정을 알았더라면 이 조건 제시가 완곡한 거절이라는 것을 알아차렸을 터이지만 나는 그것이 당연한 절차인 줄 알고 원고 뭉치를 들고 박 교수님의 방을 찾아갔다. 그리고 쭈뼛쭈뼛 원고를 내보이며 검토를 부탁드렸다. 어렴풋한 기억에 교수님은 무슨 학과의 몇 학년인지, 글은 얼마나 써보았는지 정도의 질문을 했던 것 같다. 그리고는 한참 일정을 보시더니 약 일주일 후 어느 날을 지정하며 그날 자기를 찾아오라는 것이었다. 그런데 그 날짜는 문학회 선배가 교지 편집 일정상 허락을 받아오라고 주문한 시한이 지난 날짜였다. 나는 당혹스러워 교수님께 혹시 날짜를 이삼일 앞당겨주실 수 없겠느냐고 간청하였다. 교수님은 왜 그러느냐고 물었고 나는 사실대로 교지에 실으려 하는데 편집 일정이 촉박해서 그런다고 말했다. 그랬더니 교수님은 그 주름진 얼굴—박영준 교수님의 사진을 보신 분들은 그의 불도그 같이 주름진 얼굴을 기억할 것이다—에 더 주름을 잡으며 나를 치켜보시더니

"글을 쓰는 사람은 좋은 작품을 쓰는 데에만 모든 정성을 쏟아야 하는 게야. 좋은 작품을 쓰려고 하는 생각보다 발표를 하려는 생각이 앞서면 절대 좋은 작품을 쓸 수가 없어. 보아 하니 아직은 습작을 하는 학생 같은데 교지에 싣겠다던가 하는 생각이나 하면서 문학을 하려 해서는 절대 안 되네."

하고 언성을 높여 엄히게 꾸중을 하셨다. 나는 부끄럽기도 하고 당혹스럽기도 하여 황황히 방을 나올 수밖에 없었다. 그리고 캠퍼스를 걸어 나오며 '나도 어쩔 수 없어 말씀드린 것인데 꼭 그렇게 야단을 쳐야 하나' 하는 불만스러움도 느꼈던 것 같다.

며칠이 지나고 그 선배가 못박은 시한이 돌아왔다. 나는 그때까지도 미련이 남아서 혹시나 하고 교수님의 방을 기웃거렸다. 마침 교수님은

계시지 않고 문은 열려 있기에 슬며시 들어가 보았더니 교수님의 책상 한 모퉁이에 내 원고가 얌전히 놓여 있었는데 원고 위에 쪽지 하나가 클립으로 끼워져 있었다. 내 소설에 대한 의견이었다. 지금 생각해 보면 교수님은 야단은 쳤지만 내가 요구했던 날짜에 맞추려고 서둘러 원고를 읽으셨던 것으로 생각된다. 나는 얼른 가방에서 종이를 꺼내 그 쪽지의 내용을 옮겨 적었다.

지금도 간직하고 있는 그 메모에 의하면 문장력은 대체로 좋다고 할 만하다는 것, 스토리 전개는 주인공의 판단과 행동이 도덕적, 논리적으로 충분한 이유를 갖추지 못한 부분이 있다는 것, 그리고 내가 생래적으로 반항을 즐겨하는 것 같다는 세 가지 지적이 나누어 적혀 있었다.

나는 하숙방에 누워 적어온 메모를 보고 또 보며 일면으로는 수긍도 하고 일면으로는 반론도 구성해 보며 이삼 일을 더 지내다가 드디어 교수님께서 오라시던 날에 가서 교수님을 뵈었다. 교수님은 자리를 권하고 원고의 이곳저곳을 다시 뒤적여 보시다가 이윽고 내가 미리 보았던 그 쪽지를 들고 작품평을 들려주셨다. 문장은 좋다는 칭찬은 쏙 빼고 두 번째 지적사항부터 하나하나 의견을 말씀하셨고, 나도 준비했던 의견을 말씀드리고 어떤 부분에 대해서는 반론도 전개했던 것 같다.

작품에 대한 전체적인 평이 끝나자 교수님은 다시 한번 "소설을 쓰려고 하는 사람은 어떻게 하면 좋은 소설을 쓸 것인가 하는 한 가지 생각만 해야지 발표를 해서 남에게 보인다거나 그렇게 해서 남의 주목을 받으려는 생각을 해서는 절대 작가로서 대성할 수 없다"는 이야기를 이번에는 조용한 어조로 들려주고는 좋은 작가가 되려면 무엇보다 많은 습작이 필요하니 끊임없이 작품을 쓸 것을 당부하셨다. "감사합니다" 하고 꾸벅 인사를 하고 나가는 법학도를 교수님이 등 뒤에서 어떻게 생각했을까? 가능성이 있는 놈이라고 생각했을까? 아니면 늘 있는 문학 취향의 그렇고 그런 뜨내기라고 생각했을까?

후자로 생각했다면 결국 교수님의 생각이 맞았다고 할 수 있다. 스물 서넛 안팎부터 나의 관심은 문학을 벗어나 급속히 철학과 종교학 쪽으로 기울었기 때문이다. 끊임없이 작품을 쓰라는 간곡한 당부에도 불구하고 「비 오는 날의 약속」은 중학교 때부터 끄적거렸던 나의 어쭙잖은 소설 작품 가운데에서 마지막 작품이 되고 말았다.

물론 작품은 교지에 실리지 못했다. 이듬해인가 나는 휴학을 하고 군에 입대를 했고 또 그 이듬해 여름, 나는 중대 행정반에 날아든 일간신문에서 박영준 교수님이 별세하셨다는 보도를 접했다.

묘한 것은 나이가 들면 들수록 박영준 교수님으로부터 들었던 그 꾸중이 점점 더 새로운 의미로 다가왔다는 사실이다. 생각하면 그것은 단지 하나의 소설을 쓰는 문제, 한 사람의 소설가가 되는 문제에 국한된 것이 아니었다. 삶의 어느 부분에 걸쳐 그렇지 않은 부분이 있겠는가?

정치가라면 좋은 정치를 할 안목과 역량을 기르는 것을 최우선으로 해야지 권력의 쟁취와 세력 확보에만 집착해서는 안 될 것이다. 학자라면 참다운 지혜를 구하는 데에 모든 힘을 쏟아야지 지위나 명망에 연연해서는 안 될 것이다. 나는 지금 박영준 교수님이 주문했던 그 문제는 누구나 삶의 소중한 지표로 삼아도 좋을 과제라 생각한다.

내가 『논어』 안연편의 '선사이후득先事而後得'을 번역하면서 '일하는 것을 먼저 하고 이득 보는 것reward은 나중으로 하라'는 전통적 번역을 잘못된 번역으로 감히 단정하고 이를

"일하는 것을 먼저하고 그 결과는 나중으로 하라."

로 바꿀 수 있었던 것은 알게 모르게 이 조그마한 경험과 깨우침이 밑천으로 작용하고 있었기 때문이 아닌가 자평해 본다.

박영준 교수님과의 인연이라고는 교양학부 시절 한 학기의 수업과 몇 차례의 도강 그리고 그 한 차례의 꾸중밖에 없지만 언제부턴가 나의 마음속에 그분은 내 학업시절의 큰 스승으로 자리 잡게 되었다. 요즈음은 스승다운 스승을 찾아보기 어려워진 세상이라 하지만 예전에는 어느 학교든 이렇게 꼬장꼬장하게 원칙을 지키고 삶의 기본을 아는, 어떤 의미에서 조선조 선비들의 저 만만치 않은 지조를 이어받은 스승들이 더러 있었다. 무슨 대단한 학문적 업적이 있어서가 아니라 삶의 경륜에

서 우러난 것으로 젊은이들을 감화시킬 수 있는 목소리 깊은 어른들이 있었던 것이다. 박영준 교수님은 바로 그런 어른 중의 한 분이었고, 나는 참으로 우연히 그 깊은 목소리에 접할 수 있었던 행운아가 아니었나 하고 지금은 생각한다.

신화의 탄생과 죽음

우리나라 국어학 분야의 큰 학자이신 김윤경 박사에 대한 이야기다. 1884년에 태어나 1969년에 돌아가신 이분은 연세대학교에 계실 적에 외솔 최현배 박사와 더불어 쌍벽을 이루었을 뿐 아니라 연령마저 동갑이셨다. 그런데 두 분이 국어학 이론을 둘러싸고 얼마나 양보 없이 싸우셨는지 그 공방전이 내가 대학을 다니던 70년대 초반까지만 해도 전설처럼 전해져오고 있었다.

이를테면 수업시간에 어떤 학문적 입장을 둘러싸고 "최현배 선생님은 달리 이야기하시던데요" 하고 누가 질문이라도 할라치면 "무슨 그따위 말도 안 되는 이론이 있느냐"고 흥분하는 것이었는데, 학생들은 나중에 두 노인네들이 싸우는 것이 재미가 나서 일부러 싸움을 붙여놓고 즐기기까지 했다는 것이다. 이렇게 양보 없이 싸우시던 두 분이 저

숭길도 무슨 경쟁이라도 하듯 69년과 70년에 잇달아 떠나시고 나서 이 듬해 내가 대학에 입학을 했을 때에는 이 두 분에 얽힌 이야기가 마치 갓 익은 김치처럼 잘 발효되어 막 전설과 신화가 되어갈 무렵에 있었 다. 오늘의 이야기는 바로 그 무렵의 이야기다.

김윤경 박사는 수업을 절대 빼먹지 않기로 유명했다. 예나 지금이나 학생들은 휴강처럼 좋아하는 것이 없으니 학생들에게는 최악의 선생님 이었을 것이다. 그런 선생님이 따님의 결혼식를 치르게 되었는데 마침 예정된 강의시간과 중복되었다. 과대표는 교수님이 당연히 결혼식장에 가실 것으로 생각하고 아예 그 시간에 학생들을 결혼식장으로 모이도 록 해놓았던 것이다. 그러나 이게 웬 일인가? 결혼식은 진행이 되는데 혼주인 김윤경 박사는 나타나지 않았다. 그 시간에 김윤경 박사는 혼자 강의실에 들어갔던 것이다. 텅 빈 강의실에서 김윤경 박사는 마침 장기 결석을 하다가 소식도 모르고 학교에 나와 강의실을 기웃거리던 학생 하나를 삽아놓고 한 시간 농안 강의를 하셨다던가 어쨌다던가 했다는 이야기다.

이 이야기는 모교나 국어학계 등에는 지금도 꽤 널리 퍼져 있는 신화 다. 생각하면 별것 아닌 우스갯소리일 수도 있지만 이 이야기를 그동안 술자리 같은 곳에서 가끔 전파해 온 나에게 이 이야기는 결코 단순한 우스개만은 아니었다. 원칙이 존중되지 않는 세상, 알맹이가 없는 세상,

이해상충이 긋는 어정쩡한 궤적이 그대로 삶의 길이 되는 이 속악한 세
상에서 이 조그만 이야기는 나에게 명실상부한 신화였고, 잃어가는 꿈
이었고, 마음의 고향이었다. 그분의 행동이 반드시 옳아서가 아니다. 평
생 한 번 하는 따님의 결혼식에 가지 않았다는 것은 따지고 보면 문제
가 있으면 있지 결코 지지할 것은 아니라 할 수 있다. 다만 그런 꼬장꼬
장함, 상식을 뒤엎고 나름대로의 기준을 지키려고 한 그런 괴짜 기질이
이 느끼한 세상 풍토에서 바라볼 때 새삼 그립고 소중하고 애틋하게 여
겨졌기 때문이다. 그래서 나는 이 이야기를 지난 30년 동안 겨울날 바
바리코트 속의 알밤처럼 매만져 왔던 것이 사실이다.

그러던 중 지난 겨울 어떤 모임에 갔다가 후배 한 사람을 만나 이런
저런 이야기를 나누다가 문득 김윤경 박사의 이야기가 나오게 되었다.
물론 그 친구도 이 이야기를 잘 알고 있었다. 그런데 그 후배는 내게 아
주 현실적인 정보 하나를 알려주었다. 그것은 김윤경 박사가 그 결혼식
에 가지 않은 것은 강의를 우선했기 때문이 아니라 그 결혼 자체를 반
대했기 때문이라는 것이다. 그리고 그 정보의 출처가 다름 아닌 그때
결혼했던 따님의 아들이라고 구체적인 소스까지 밝히며 신화는 어디까
지나 오해에서 비롯되었음을 알려주었다.

과연 그 후배의 말이 맞는지 정확한 것을 알 수는 없지만 전후 사정
을 헤아려보면 그 후배가 제시한 새 이야기에 더 현실성이 있어 보였

다. 부모가 반대해서 부모의 참석 없이 하는 결혼을 더러 보기 때문이
다. 이미 세상물정에 젖을 만큼 젖은 내가 그만 이야기에 실망을 했다
면 지나친 이야기지만 내가 아끼던 신화에 금이 간 것만은 사실이었다.
그래도 결혼식장에 가지 않고 강의실에 나간 것을 학생들이 그렇게 해
석한 것만으로도 평소 그분의 남다른 삶의 태도를 짐작할 수 있는 것
아니냐는 설명이 가능하지만 역시 애초의 신화가 가지고 있던 깔끔한
효과에 비길 바는 아니다.

신화에 약간의 금이 가고 나서야 나는 우리 사회가 얼마나 간절히 이
런 신화를 필요로 하는지를 느낄 수 있었다. 그런 신화는 어쩌면 너무
사소하여 있어도 그만, 없어도 그만인 것처럼 생각할 수도 있을 것이
다. 그러나 인간 행동의 규준이 되는 이러한 신화는 생각보다 강한 흡
입력을 가지고 자라나는 정신을 육성한다.

이를테면 갈릴레오가 천동설을 비판한 것에 대해 교황청으로부터 위
법판결을 받고 법정을 나오며 "그래도 지구는 돈다"는 말을 했다는 저
널리 퍼져 있는 신화를 생각해 보자. 이 조그마한 신화는 이 신화가 알
려져 있는 지구상의 모든 시민들에게 양심이라는 것이 무엇이며, 또 그
양심이 지배권력의 힘 앞에서 어떻게 스스로를 구현하는지를 그 어느
도덕적 강론보다 힘 있게 가르쳐왔던 것이다.

또 뉴턴이 십수 년 간이나 써온 연구논문을 개가 불 속에 물어넣어

잿더미로 만들었을 때 뉴턴은 다만 그 개의 머리만 쓰다듬었다고 하는 저 신화도 마찬가지다. 그 신화가 우리에게 무엇을 가르쳐주는가를 물어보기도 전에 우리는 그 신화로부터 인간이 최악의 순간에도 지켜야 할 품위가 있다는 사실을 알게 되고 그에 필요한 미덕을 자연스레 배우게 되는 것이다.

공교롭게도 갈릴레오의 이야기나 뉴턴의 이야기나 모두 엄밀한 전기적 실제가 아니라 불확실하게 형성된 전문傳聞이라고 한다. 말하자면 신화인 것이다. 그러나 그것이 실제인가 아닌가를 떠나서 그 이야기들은 갈릴레오나 뉴턴의 생애에 대한 엄밀한 전기적 연구 모두를 합한 것보다 더 많은 영향을 그동안 인류에게 끼쳐왔다고 할 수 있다.

나는 우리 사회에도 이런 유의 신화가 많이 있었으면 한다. 사실 그런 심정에서 나는 그동안 김윤경 박사의 이야기를 이곳저곳에 전도(?)해 왔는지도 모른다. 그러나 한 사회가 그런 신화를 만들어내는 기능을 가지려면 어느 정도의 수준을 갖춘 정신적 흐름이 형성되어야 한다. 어느 한두 사람의 기행이나 영웅적인 의지만으로 신화가 성립하지는 않는다. 신화는 집단의 소산이기 때문이다. 김윤경 박사의 이야기가 신화로서 성립할 수 있었던 것도 어쩌면 저 조선조의 꼬장꼬장한 선비정신이 우리 속에 면면히 흘러왔기 때문이라 할 수 있다. 그리고 보면 그 후배의 증언에 의해 아끼던 신화에 금이 가는 것을 경험한 것도 어쩌면

정보의 진위라는 그런 차원이 아니라 만사가 이해관계로 결딴이 나는
이 속악한 세상 풍토에서는 더 이상 신화가 남아날 수 없게 되었다는
사실, 다시 말해서 우리 시대에 있어서의 신화의 죽음을 상징하는 예정
된 사건이었는지도 모르겠다.

서정주 선생에 대한 생각

우리 문학계의 거목인 미당 서정주 선생께서 이 세모에 세상을 떠나셨다. 확실히 그의 시세계는 독특했고 그가 아니면 그려낼 수 없는 한 경지를 보여주었다고 생각한다.

고등학교 3학년 때 나는 중앙고등학교에서 개최한 문학의 밤에 마침 그 학교에 다니던 한 친구의 주선으로 찬조 출연한 적이 있었는데 마침 그날 중앙불교고등학교 출신인 서정주 선생께서 강평 차 참석을 하셨다.

학생들의 작품 낭독이 다 끝나자 서정주 선생께서 단상에 올라오셔서 모든 학생들의 작품 하나하나에 대해 일일이 평을 하셨는데 어떤 작품에 대해서는 장래가 매우 촉망된다고 극찬도 하셨고 어떤 작품에 대해서는 문제점을 낱낱이 지적하기도 하셨다. 나보다 앞서 발표했던 친구 놈은 이미 시제목에 '몬아미mon ami'(내 친구)라는 어설픈 외국어를 썼다가 "나는 무슨 볼펜 이야기인 줄 알았다"고 하여 단단히 창피를 당한지라 내 차례가 다가오자 나는 뒤에서 잔뜩 긴장을 하고 있었다. 그런데 정작 내가 쓴 시에 대해서는 한참 뜸을 들이시더니 "대체로 무난한 작품으로 보인다"는 한마디만 하고 간단히 넘어가는 것이었다. 지적을 받지 않은 것은 다행이었지만 구체적인 평이 없어 한편으로는 서운한 생각도 들었다.

그런데 내가 정작 긴장을 했던 것은 그날 내가 발표했던 시 구절 중 하나가 바로 서정주 선생께서 쓴 시의 한 부분을 표절한 것이었기 때문이다. 「산수화山水畵」라는 제목의 그 시 가운데에서 나는

철새도 비껴가는 청산

이라는 표현을 썼는데 그 구절은 미당 선생이 바로 한두 해 전에 발표한 「동천冬天」이라는 작품의 마지막 구절을 본뜬 것이었다.

冬天

내 마음속 우리 님의 고은 눈썹을
즈믄 밤의 꿈으로 맑게 씻어서

하늘에다 옮기어 심어 놨더니

동지섣달 나르는 매서운 새가

그걸 알고 시늉하며 비끼어가네

생각하면 똑같이 표현한 것도 아니었지만 워낙 순진하던 시절이라 "무난한 작품으로 보인다"고 하면서도 미당 선생이 속으로는 "이 녀석이 내 작품을 모방하였군" 하고 비웃었을 것만 같아 마음이 영 켕겼던 기억이 생생하다.

10대 후반이나 20대 초반에 문학수업을 하는 젊은이들은 대체로 자기가 좋아하는 선배 문인들로부터 영향을 받게 마련이고, 그러다 보면 표현이나 문체나 기타 문장의 호흡이 그들의 그늘 속에서 형성되게 마련이다. 나의 문학수업은 기껏 20대 초반에서 끝나고 말았지만 그 짧지만 중요했던 형성기에 서정주 선생의 영향이 적지 않았다는 것은 이 조그마한 에피소드에서도 확인이 되는 셈이다.

그러나 사실 나는 서정주 선생의 시를 크게 좋아하지는 않았고 그것은 지금도 마찬가지다. 그의 『화사집』이나 『신라초』의 시야 나와 너무 세대가 격절하여 내가 직접 영향을 받은 시세계가 아니지만 『동천』이나 『질마재 신화』는 나도 함께 겪고 영향을 받았던 시세계라 할 수 있는데, 나는 시종 그의 시세계에 대해 일정한 거리감을 두었던 것 같다.

문학평론을 하자는 자리가 아닌 만큼 내가 그의 시세계에 대해 느꼈던 거리감을 낱낱이 분석하여 기술하고 싶은 생각은 없다. 다만 아주 간략히 뭉뚱그려서 이야기할 때 내가 미당 선생의 시세계에 대해 느꼈던 불만은 다름 아닌 그의 나약성이었다. 이 나약성은 화사집 시대에서부터 질마재 시대에 이르기까지 몇 차례의 시적 변양에도 불구하고 한 번도 극복되지 못한 그의 운명적 조건이었다고 생각한다.

시인이란 원래 나약한 존재라는 속된 통념에서 하는 말은 물론 아니다. 시인이란 어느 누구보다 예민한 감수성을 전제로 하고 그 때문에 어느 누구보다 상처받고 무너지기 쉬운 존재인 것은 사실이다. 그러나 바로 그렇기 때문에 문제의 핵심을 돌파하였을 경우에는 어느 누구보다 사물의 본질을 꿰뚫는 힘을 가지는 것도 바로 시인이다. 그런데 이 힘이라는 것이 또한 우리의 통념과는 달라서 내가 서정주 선생에 대해서 인정할 수 없었던 이 힘을 정한情恨의 시인 김소월에 대해서는 느끼는 것이 나 자신으로서도 묘한 일만 같다.

나는 그의 나약성이 그의 시를 구부러지게 하였고 이 구부러짐의 미학이 그의 독특한 시세계를 만들어냈다고 본다. 60년대에 발표한 시 「가벼히」에서 그는 이렇게 노래하고 있다.

가벼히

애인이여

너를 만날 약속을 인제 그만 어기고

도중에서

한눈이나 좀 팔고 놀다 가기로 한다.

너 대신

무슨 풀잎사귀나 하나

가벼히 생각하면서

너와 나 새이

절간을 짚더래도

가벼히 한눈파는

풀잎사귀 절이나 하나 짚어놓고 가려 한다

　　그의 시세계는 이러한 한눈팔이의 이런저런 변주였다고 본다. 그는 이 시에서처럼 그러한 한눈팔이 자체에 의미를 부여하고 논리를 구성하고 있는 것도 사실이다. 그는 아마 애인과의 약속을 저버리고 풀잎사귀나 하나 생각하는 것을 새로운, 어쩌면 더 차원 높은 약속으로 제시하고 싶었는지도 모른다. 그러나 스스로 구성한 이 논리에서 그는 시의 진정한 사명에서 한 걸음 벗어나게 되었고, 그것은 다름 아닌 그의 타고난 나약성에서 알게 모르게 조성되었다고 할 것이다. 일제 말 몇 편의 친일 작품을 쓴 것이라든가 이승만 박사의 전기 집필이 무산되자 피난 수도 부산에서 환청에 시달린 것, 여러 번의 자살 기도, 전두환 정권 지지 등 이해할 수 없는 몇몇 정치적 발언 같은 것들도 이러한 분석과 반드시 무관하지는 않다고 본다.

70년대 초에 문학모임을 가졌던 우리는 이미 미당 선생을 말당末堂이라 부르며 그의 시가 더 이상 우리 세대를 자극하지 못한다는 데에 공통된 느낌을 나누고 있었다. 그의 시세계는 확실히 볼 만했고 독보적이었지만 우리가 시를 통해 뚫고 나가려 했던 것과는 다른 방향이었다.

세모에 떠나신 우리 문단의 큰 어른을 두고 너무 혹평만을 한 것 같아 미안하지만 어쨌든 서정주 선생은 그가 아니었더라면 나올 수 없었던 아름다운 시세계를 우리에게 남겨놓고 가셨다. 고인의 명복을 빌며 고인이 자신의 외할머니를 생각하며 지은, 내가 좋아하는 시 한 편을 올린다. 서정주 선생이 아니면 누가 이런 세계를 형상화할 수 있을 것인가를 생각하며 읽이주시기 바란다.

　　　외할머니네 마당에 올라온 海溢
　　　　― 소네트 試作

　　　외할머니네 마당에 올라온 해일엔요

예순 살 나이에 스물한 살 얼굴을 한
그러고 천 살에도 이젠 안 죽기로 한
신랑이 돌아오는 풀밭길이 있어요.

생솔가지 울타리, 옥수수밭 사이를
올라오는 海溢 속 신랑을 마중 나와
하늘 안 천길 깊이 묻었던델 파내서
새각시 때 연지를 바르고, 할머니는

다시 또 파, 무더기 웃는 청사초롱에
불 밝혀선 노래하는 나무나무 잎잎에
주절히 주절히 매여달고, 할머니는

갑술년이라던가 바다에 나갔다가
海溢에 넘쳐오는 할아버지 魂身 앞
열아홉 살 첫사랑적 얼굴을 하시고

위대한 인물은 어떻게 이 세상에
영향을 미치는가?

한 위대한 인물이 출현하면 사람들은 그를 어떻게 취급해야 하는가 하는 것을 보이지 않는 과제로 안게 된다. 역사적으로 거기에는 여러 가지 방법이 등장하는데 그 양상을 들여다보면 대단히 의미 있는 현상을 관찰할 수 있다.

우선 그 최초의 태도는 모종의 거리감을 느끼는 것이 아닌가 한다. 물론 사람늘은 그런 인물에 대하여 됨됨이가 좋은 사람이라는 섬을 인정하는 최초의 과정을 거칠 것이다. 그러나 이 첫 단계를 지나 조금 더 근접하게 그를 알아가게 되면 사람들은 대부분 자신이 예측하던 것 이상의 무엇, 그의 존재 자체가 우리에게 어떤 입장과 태도의 표명을 요구하는 것 같은 느낌을 갖게 되는데 그것은 일단 거리감으로 간취되는 듯하다. 이 거리감은 무언가 편안하지 않은 것, 나의 기왕의 세계관과

인생관 속으로 잘 정리되어 들어가지 않는 묘한 무엇, 그래서 바야흐로
어떻게 조치되지 않으면 안 되는 심리적 부담 같은 것으로 나타나는 것
이 보통이다.

이 거리감을 취급하는 방법에서 다시 몇 가지 유형이 나누어진다. 흔
하게 볼 수 있는 방법 중의 하나가 그를 별것 아닌 유한자有限者로 치부
하는 것이다. 예수가 처음 활동을 개시하였을 때, 갈릴리 사람들이 한
말이 그 전형적인 사례라 할 수 있다.

이는 그 목수의 아들이 아니냐. 그 모친은 마리아, 그 형제들은 야
고보, 요셉, 시몬, 유다라 하지 않느냐. 그 누이들은 다 우리와 함께
있지 아니하냐.

다시 말해서 우리가 다 아는 그 목수의 아들이 대단하면 얼마나 대단
하겠느냐 하는 논리로 그들의 입장을 정리하는 것이다.

공자의 경우에도 사례가 있다. 그가 예를 많이 아는 대단한 사람으로
명성이 자자해지자 그를 비판하고 무시했던 어떤 사람은 그를 "추鄹 땅
사람의 아들鄹人之子"이라고 호칭하였다. 일반적으로 어떤 인물의 보편
적 위대성을 거부할 때 사람들은 그를 피와 땅blood and soil에 귀속시켜
바라보려는 충동을 가지게 된다. 정약용은 이 표현을 "무시하는 표현外
之之辭"이라고 정확히 짚고 있다. 이러한 경우 평자는 예외 없이 인간에

대하여 도덕적 한계를 설정하고 있는데 평자의 대부분은 그가 평하려는 인물과 나이가 비슷하거나 더 많은 것이 보통이다.

이런 폄하가 현실적으로 어려운 경우에 숭배가 나타난다. 숭배는 자신과 그 인물 사이의 거리를 그대로 둔 채 자신과 그와의 관계를 정립하는 대표적인 방법이다. 숭배는 현실적으로 존재하는 거리감을 부당하게 무시하지 않는다는 점에서 정직한 방법이기는 하다. 그러나 이 방법은 생각처럼 바람직한 것은 아닌데 그 이유는 숭배가 양자 사이의 거리를 그대로 지속시키려 하는 성향을 가지고 있기 때문이다. 만약 숭배가 그 거리를 그대로 지속시킨다면 그것은 외형과는 달리 새로운 질적 변화를 가져올 수 없을 것이다. 숭배는 진정으로 요구되는 과제, 즉 양자 사이의 거리를 좁혀야 한다는 엄숙한 과제를 교묘히 회피하고 있으며 숭배의 열렬함은 대개 진정한 핍진逼眞의 노력을 대체하고 있다. 그래서 역사상의 위대한 인물들은 결코 숭배자를 원하지 않았다. 공자에 대한 사공子貢의 태도에서 그 선형을 볼 수 있는 이 숭배는 진정한 노력과 결합하여 발휘될 경우에는 의미 있는 것이 되겠지만 그 자체가 본질적인 자리를 차지하는 경우에는 이렇듯 부정적인 것으로 평가될 수밖에 없는데, 보통 숭배의 대상이 되는 인물보다 연령이 낮은 추종자들의 태도에서 주로 발견되고 있다.

그가 남다르다는 것을 알면서 그를 쉽게 폄하하지도 숭배하지도 않는 경우, 이제 훨씬 의미 있는 정공正攻의 방법, 즉 시험이 등장한다. 이 방법은 그를 정면으로 바라보고 더 진지하게 이해하려 하는 경우에 발생한다. 즉 사람들은 그를 주목하고 기대를 걸면서 점점 엄격한 기준을 제시하여 그를 시험하려 하는 것이다. 그들은 결코 그를 쉽게 믿으려 하지 않는다. 물론 그 깊은 내면을 살펴보았을 때 의심과 시험의 궁극적 목표에는 그에 대한 인정이 예비되어 있다. 다만 그가 '진짜' 위대한 인물이냐 하는 의문을 던져가며 다가가는 것인데 이 과정은 대단히 중요하고 의미 있는 과정이다.

사람들은 그 인물을 시험하는 진지한 과정을 통하여 자신도 모르게 그로부터 엄청난 영향을 받게 된다. 왜냐하면 그를 시험하는 과정에서 그들은 삶을 보는 척도를 높이게 되고 불합리하거나 세속적인 기준을 벗어나기 때문이다. 이 보이지 않는 영향은 당사자들에게 의식되지 않는 것이 보통이지만 의식적인 어떤 영향보다 강력하고 또 자율적이다. 모든 인간의 체험 속에는 위대한 인물의 체험과 공명할 수 있는 체험 내용이 들어 있다. 다만 위대한 인물의 경우와는 달리 그 우선순위와 본말과 경중이 뒤바뀐 채로 혼재되어 있는데 시험 과정에 그 인물의 부동의 입지에 부딪히는 순간 그 혼재된 체험에 새로운 질서가 부여되는 것이다.

이 시험은 시험을 하는 측에서나 시험을 받는 측에서나 무척 힘겨운 일이기는 하지만 대단히 긍정적이고 또 생산적인 과정이라 할 수 있다. 나는 한 위대한 인물이 이 세상에 영향을 미치는 방법의 거의 대부분이 바로 이 시험을 통하여 이루어지는 것이라 생각한다. 물론 그 양상은 다양하여 안연顔淵처럼 그 시험이 부단한 자기 향상에 이어지는 경우도 있고 일정한 한계 안에 갇혀 답보하는 경우도 있고 필요 이상의 갈등적 양상으로 나타나는 경우도 있다. 공자의 제자들 중에서는 자로子路가 일정한 한계 안에서 그의 스승과 비교적 불안정한 시험적 관계를 평생토록 유지해 온 특이한 경우가 된다.

이 시험이 단순한 갈등적 양상을 넘어 좀 더 극적이면서도 부정적인 형태로 전개되는 경우가 바로 박해persecution다. 긍정적인 시험에도 엄밀하게 분석해 보면 박해의 요소가 가미되어 있는데 마찬가지로 박해도 긍정적인 의미로 보면 시험적 요소가 그 발단이 되어 있다. 다만 그것이 진리에 대해 절망적인 형태로 전개되는 것이 박해의 비극적 양태를 만들이낸다. 본디오 빌라도에게서는 물론이지만 "십자가에 못 박혀야 하겠나이다" 하고 외친 유대 백성들이나 소크라테스에게 사형을 선고한 아테네 법정의 배심원들에게도 시험의 유혹이 절망적으로 작용하고 있었다.

역사적으로 위대한 인물들은 이 모든 과정을 피하지 않고 헤쳐나간 사람들이다. 더러는 박해 가운데에서 목숨을 잃기도 하였지만 그들은 사람들 사이에서 걸림돌의 모습으로 등장하여 그들에게 외면하거나 피할 수 없는 거리감을 안겨주고 그들 자신이 스스로 그 곤혹을 해결하도록 하는 과정에서 그들의 존재를 움직이는 심대한 역할을 수행하게 되는 것이다.

그러나 그 거리감을 완전히 해결하는 유일한 방법은 그들 자신이 그와 같이 되는 것뿐이다. 그 외의 다른 모든 방법은 잠정적이다. 그래서 위대한 인물들은 하나 같이 그들의 위대성에 고유한 고독을 토로했다. 예수는 "여우도 굴이 있고 공중의 새도 보금자리가 있으되 오직 인자는 머리 둘 곳이 없다" 했고 공자는 유일하게 자신의 말귀를 알아듣는 제자 안연이 죽자 "아아, 하늘이 나를 버리는구나! 하늘이 나를 버리는구나!" 하고 통곡했던 것이다.

폭발적인 힘은 대체로 그들의 사후에 터져나온다. 비극적인 죽음이든 자연적인 죽음이든 그 인물의 갑작스런 결여를 맞아 사람들은 비로소 그가 위대한 기준이었다는 것을 인정하고 그의 결여를 메우려는 노력을 시작하고 그 노력에서 비로소 위대한 정신에 대한 공식적인 학습 시대가 전개되는 것이다.

죽음이라는 것은 확실히 묘한 장치다. 나는 아직 그 비밀을 설명할 재간이 없지만 위대한 인물에게 죽음은 그의 출현 못지않게 중요한 사건인 것만은 확실하다. 그의 죽음, 그의 결여에서 사람들은 그에 대한 태도를 바꾸고 비로소 그에 대한 시험과 의심을 철회하면서 그의 결여를 메우기 위한 거대한 노력을 기울이게 된다. 어록이나 행장(복음서, 논어, 불경, 플라톤의 저술 등)의 편찬, 신조信條집단의 형성, 학파의 결성 등이 모두 그러한 노력의 일환이다.

그러나 죽음이 가져다주는 이 시험의 철회는 일면으로는 긍정적인 것이지만 보다 근본적으로는 부정적인 것이 아닌가 생각한다. 왜냐하면 거기에서는 바람직한 현장성이 희생되고 있기 때문이다. 위대한 인물의 죽음에서 비롯되는 위대한 정신의 학습시대는 이렇듯 그 출발에서부터 왜곡의 위험을 안고 있다.

이를테면 기독교 정신은 근본적으로 바울의 신앙이다. 바울은 예수의 계승이기도 하지만 동시에 예수와의 단절을 뜻하는 기점이기도 하다. 유자有子와 증자曾子에 의해 구축된 유교정신도 공자의 현장성이 희생된 바탕 위에서 시작하고 있다. 천여 년씩 지속되는 이러한 전통은 대부분 한 위대한 인물의 죽음에서 비롯되는 묘혈문화墓穴文化로서의 속성을 가지고 전승되는데 우리가 오늘날의 기독교나 유교에서 가지는 불만은 바로 예수나 공자가 동시대의 인물들에게 던져주었던 감당키 어려웠던 거리감을 전혀 느끼지 않는 것과 직접 관련되어 있다.

위대한 정신의 학습시대가 만약 이러한 폐단에서 벗어나고자 한다면 당대가 가지고 있던 거리감과 그 정신에 대한 의심, 그리고 끊임없는 시험의 자세를 회복시키지 않으면 안 될 것이다. 돌이켜보면 위대한 인물은 그 스스로가 그러한 시험의 자세를 통하여 자기완성에 이르렀던 사람이라 할 수 있다. 알다시피 예수는 세례 요한을 주목하고 그에게 나아가 그를 이해하려 했고 또 그를 시험하면서 이윽고 그를 넘어 자신의 길을 걸어간 사람이었다. 고타마 싯다르타도 아라나 선인에게 나아가 그를 시험했다. 그리고 역시 그를 넘어서면서 정각正覺에 이르렀던 것이다.

위대한 인물은 하나의 시금석으로 우리들 사이에 주어졌던 인물이다. 그리고 주변의 사람들은 그 시금석에 스스로를 부비면서 갱생에 가까운 자신의 변모를 꾀해갔던 것이다. 그 과정에서 시금석으로 역할하였던 위대한 인물의 고통은 오직 그만이 아는 고통이었을 것이다. 위대한 시험의 중심이 된 자의 엄청난 고통, 때로는 캄캄한 박해의 한가운데에서 겪는 고통은 시험하는 자가 상상할 수 있는 범위를 넘어설 것이다. 그리고 바로 그 반대편에서 사람들은 위대한 각성에 이르는 것이다. 따라서 예수 그리스도의 보혈로 우리가 구원을 받았다고 하는 기독교의 교리는 정당한 실천적 교리라 할 수 있다. 다만 예수의 실존적 현장성을 추체험追體驗함이 없이, 다시 말해서 한 번도 그를 시험의 대상으로 인식해 봄이 없이, 그를 그저 레디메이드한 신격神格으로만 바라보면서, "예수 그리스도께서 십자가에 못 박히심으로 인하여 우리가 구원을 받았다" 하는 안이한 경배자들의 외침이 그만큼 공허하다는 것도 역시 정당한 지적일 것이다.

비판적 인식을 넘어서

비판이라는 말이 지성의 간판처럼 번쩍이던 시절이 있었다. 생동하는 지성일수록 현실에 대한 비판적 인식은 불가결의 요소였고 그래서 비판이라는 말에는 날카롭다든가 신랄하다든가 하는 형용사가 으레 따라붙었다. 그리고 이러한 기조는 지금도 크게 달라지지는 않은 것 같다. 변화가 있다면 한 가지, 그 광휘가 많이 잦아들었고 그 권위가 눈에 띄게 흔들리고 있다는 점이나.

비판이라는 말의 사전적 의미는 "옳고 그름을 가리어 판단하거나 지적하는 것"이다. 따라서 한 사회, 한 시대에 있어서 지성이 이러한 역할을 담당하는 것은 어쩌면 당연한 일이라 할 수도 있다.

그러나 오늘날 우리 사회의 모습을 가만히 들여다보고 있자면 비판이라는 것이 도회의 하늘을 가득 뒤덮고 있는 대기오염처럼 느껴질 때가 많다. 특히 언론이나 지적 담론의 현장에서 나는 자주 그런 암담하고 막막한 느낌에 사로잡힌다. 대부분의 비판은 편협한 시각과 피상적 감각에 빠져 있고 그리고 무엇보다 치기를 떨치지 못하고 있다. 무어라고 이것저것을 난타하듯 지적하고 있지만 대부분 그것은 장중한 음악이 되지 못하고 소음에 그치고 있다.

우선 내가 느끼는 문제점은 대부분의 비판이 깊이 있는 인식을 결여하고 있다는 점이다. 너무나도 많은 비판적 인식이 인식 대상의 실체를 제대로 파악하지도 않은 단계에서 무분별하게 이루어지고 있기 때문이다. 나는 구태여 사실판단과 가치판단을 구분하는 도식에서 말하는 것은 아니다. 모든 판단은 얼마간의 가치판단을 동반하는 것이라고 믿지만 우리가 생각하는 가치판단이라는 것은 인식의 특정 차원에 지나지 않는다. 삶의 인식, 삶을 위한 인식은 우리가 말하는 가치판단보다 더 높고, 더 깊고 더 유구한 것이다. 오늘날 우리의 판단이라는 것은 삶의 편협한 목표와 가치기준에 얽매여 있는 경우가 너무나도 많다. 그래서 때로는 비판의 신랄함이 안목의 편협성에 정비례하는 것처럼 느껴지기도 한다.

사유는 삶의 전체를 조망하는 가운데에서 나와야 한다. 그래야 사유가 중심을 지닐 수 있다. 저 수많은 비판은 전체를 놓친 편향된 시각에서 나오고 있기 때문에 대부분 중심을 잡지 못하고 있다. 그리고 무엇보다 애정이 결핍되어 있고 참고 기다리는 자세가 결여되어 있다. 또 자기 자신을 문제의 중심에서 하나같이 배제하고 있다. 발언자는 저마다 심판자일 뿐이다. 그 점에서 나는 예수의 저 '산상수훈山上垂訓'을 생각한다.

> 너희가 비판을 받지 않으려거든 남을 비판하지 말아라. 너희가 남을 비판하는 것만큼 너희도 비판을 받을 것이며 남을 저울질하는 것만큼 너희도 저울질당할 것이다. 왜 너는 형제의 눈 속에 있는 티는 보면서 네 눈 속에 있는 들보는 보지 못하느냐? 네 눈 속에 들보가 있는데 어떻게 형제에게 '네 눈 속에 있는 티를 빼내 주겠다' 하고 말할 수 있느냐? 위선자야, 먼저 네 눈 속의 들보를 빼내어라. 그러면 네가 밝히 보고 형제의 눈 속에 있는 티도 빼낼 수 있을 것이다.
>
> (마태복음 제7장)

지성과 양심을 온전히 대변한다는 비판을 예수는 오히려 제지하고 있다. 그것은 비판이 나쁜 것이어서도 아니고 비판 내용이 무근거한 것이어서도 아니다. 오히려 비판자 자신의 시각에서만 본다면 그 비판은 얼마나 필요하고 온당한 것인가? 문제는 비판자 자신도 그 비판으로부터 자유롭지 못하다는 사실, 모든 것이 풀려나가야 할 매듭이 바로 자신에게 있다는 사실을 비판자가 모르고 있다는 데에 있다.

비단 이런 관계에서만은 아니다. 무분별한 비판은 우리의 인식을 정치적 알력구도에 갇히게 한다. 우리가 살고 있는 인본주의적, 물질중심적 사회는 신성神聖을 잃어버린 세속사회다. 그래서 이 문명에는 모든 퇴락과 속악에 관한 생래적 자기혐오가 있다. 비판은 흔히 이 자기혐오의 잘못된 분출 내지 처리과정이 되곤 한다. 그것이 해소 메커니즘으로 정형화되면 권력의 추구를 포함한 다양한 정치적 알력구도가 자리 잡는다. 비판이 권력 일반에서 소외된 어쭙잖은 지식인들의 제3의 권력 지향 수단으로 동원되는 것도 그러한 구도 가운데서 이루어지고 있다.

이제 그 메커니즘은 알력구도에 걸맞지 않은 모든 인식을 소외시킨다. 저 열린 창을 통해 불어오는 바람에 소철의 잎사귀가 가볍게 흔들리는 것을 보고 있는 것도 하나의 인식이다. 그것은 우리가 말하는 비판이 아니다. 그래서 알력구도의 현실에서 차지할 자리가 없다. 노을에 젖은 도시의 저녁 풍경, 그 앞에서 느끼는 피곤하고 막막한 이 느낌도 인식이다. 그러나 비판이 아니기 때문에 역시 현실의 권외에 버려진다.

단적으로 말하지만 정치적 알력구도에서 조성된 비판적 인식을 중심으로 한 우리 사회, 우리 시대의 이 인식의 위계가 바뀌지 않는 한 우리에게 진정한 행복은 없다. 그리고 우리가 적극적으로 혹은 소극적으로 현실의 영역이 아니라고 치부하며 소외시킨 저 비판 이전의 이름 없는 인식들에서 진정한 비판의 모습을 발견하지 못하는 한 우리에게 진정한 변화는 없다.

　그래서 나는 우리의 인식이 비판이라는 좁은 형식을 넘어설 필요가 있다고 주장하는 것이다. 비판적 인식을 넘어서자는 것은 비판을 배제하자는 것이 아니다. 그것은 비판을 완성시키자는 것이다. 비판으로 하여금 소음이 아닌 장중한 음악이 되게 하자는 것이다. 그러기 위해서 우리는 모든 인식의 한가운데에서 자기 자신을 발견할 필요가 있는 것이다. 비판받아야 할 진정한 책임의 자리에서 자기 자신을 발견할 때 우리는 참으로 요구되는 태도가 어떤 것인지를 깨닫게 될 것이다.

　그때에서야 우리는 비로소 맹목적인 공격을 넘어 모든 것을 좀 더 그윽한 눈길로 바라볼 수 있을 것이다. 그때의 눈길은 비판을 완전히 초극한 것이면서도 동시에 말할 수 없는 비판을 담고 있을 것이다. 이 말할 수 없는 비판을 담고 있는 그윽한 눈길만이 무언가를 시정시키고 변화시킬 수 있다. 대기오염처럼 도회의 하늘을 가득 뒤덮고 있는 거대한 비판의 기단이 과연 우리 사회와 인간의 어디를 어떻게 바로잡고 변화시켰는지를 돌아볼 필요가 있다. 그것이 바람직한 그 어떤 것도 생산하시 못했음을 안다면 우리가 지향하는 길이 단지 우원迂遠해 보인다는 이유만으로 언제까지나 외면하고 있을 수는 없다는 사실을 깨닫게 될 것이다.

객관적 시각에 대하여

　초등학교에 처음 입학을 했을 때 나는 1학년 1반에 배정이 되었다. 그리고 운동회 날은 백군이 되어 응원을 했다. 2학년이 되니 2반에 배정이 되었고 역시 백군이 되었다. 또 3학년이 되어서는 3반에 배정되었고 역시 백군이었다.

　그런데 4학년이 되었는데 나는 4반이 되지 않고 2반인가가 되었고 운동회에서도 백군이 아닌 청군이 되었다. 반이 4반이 되지 않은 것은 어린 마음에도 수용이 되었다. 그러나 운동회에서 생전 처음으로 온통 푸른색이 일렁이는 청군의 틈바구니에서 응원을 하게 된 것은 선뜻 수용이 되지 않는 마음의 갈등을 불러왔다. 나는 내가 적군이 된 것 같았다. 운동장 저편 하얀 백군의 무리는 마치 나를 무정하게 이 청군의 틈바구니에 내던지고 나의 이 마음의 갈등이야 아랑곳하지 않으면서 "너는 이제 우리 편이 아니야. 너는 못나고 바보 같은 청군이야" 하고 말하고 있는 것 같았다.

백군은 늘 내 편이고 이겨야 하는 무리이고, 청군은 늘 남의 편이고 져야 하는 무리라는 생각이 뿌리째 뒤흔들렸던 이 어린 경험은 자아와 귀속집단歸屬集團 사이의 바람직한 관계정립이라는, 평생을 두고 도야陶冶해야 할 중대한 과제의 첫 모습이었다.

그렇다. 자기 자신과 자기 자신에 친한 환경, 그리고 자기 자신에 친하지 않은 환경. 이 삼자 사이의 관계는 결코 파란 운동모자를 쓰고 당혹스런 표정을 지어야 했던 한 어린아이에 국한된 문제가 아니다. 우리는 사실 한평생 이 삼자 간의 힘의 균형 또는 불균형 속에서 살아간다고 할 수 있다. 또 그 균형과 불균형의 문제는 삶의 한 귀퉁이의 문제가 아니라 삶의 본질적 차원의 문제이고 우리 삶의 현장에 구체적, 지속적으로 관련되는 문제인 것이다.

많은 사람들이 아주 단순히게 자신에게 친한 환경에 몰입히여 자신에게 친하지 않은 환경을 무시하거나 적대시하고 있다. 경상도와 전라도, 남한과 북한, 한국과 일본 등 그 양상은 생각보다 다양하고 그 정도는 심각하다. 우리는 쉽게 그것을 벗어날 수 있을 것 같지만 어처구니없을 만큼 단순하게 우리는 우리에게 친한 환경 속에 맹목적으로 몰입하곤 한다.

그래서 종종 객관적 시각, 제3자적 시각이 모색된다. 그러나 이 객관적 시각이라는 것은 직접적으로 주어지는 것이 아니다. 다시 말해서 독립적으로 존재하는 객관적 시각은 없다. 있는 것은 하나의 친근한 환경과 그 속에서 아이덴티티를 확인하는 자아가 있고 그 자아가 친근하지 않은 새로운 환경과 부딪치면서 두 환경을 아우르는 새로운 전체 환경을 구상하는 일, 그리고 그 구상 속에서 자신의 애초의 생각을 반성하고 그 제약됨을 인식하는 일이 있을 뿐이다. 객관성이란 바로 그런 구체적인 과정에 붙여진 명목이다.

인생을 살며 나름대로 훈련을 쌓고 안목을 키우고 자세를 가다듬었다고 생각하면서도 때로 나는 나의 아이덴티티와 관련하여 아직도 청군의 틈바구니 속에서 운동장 저편 백군의 무리를 곤혹스럽게 바라보던 그 근본 경험을 속절없이 되풀이하고 있다는 느낌을 가질 때가 많다. 이 문제가 얼마나 길고 끝없는 과제인가 하는 것을 단적으로 말해 주는 것이기도 하다.

우리나라 사학의 현주소

오래 전이기는 하지만 어느 사학 특별강좌에서 있었던 평범한 장면 하나를 나는 지금도 우리나라 사학의 현주소를 말해 주는 장면처럼 기억하고 있다. 장소는 대우학술센터였다. 당시 나는 모종의 주제에 매달려 있었고 이 강좌가 마침 그것과 관련이 있는 주제를 내걸고 있었기 때문—그것이 어떤 주제였는지 지금은 도무지 생각이 나지 않는다—에 비교적 열심히 그 강좌를 들었던 것이다.

세 번째인가 네 번째 강좌 시간이었다. 수업이 끝나기 전에 잠시 질문 시간이 주어졌는데 어느 여학생이 다음과 같은 요지의 질문을 하였다.

인류사에는 시민혁명 또는 민중혁명이 성공하는 사례가 많다. 그 런데 그 진행과정을 보면 일정 시점 이후에는 꼭 전제정권이 등장하여 역사를 후퇴시키는 것을 볼 수 있다. 이를테면 프랑스대혁명은 나폴레옹의 등장을, 러시아혁명은 스탈린의 등장을, 4·19혁명은 군사정권의 등장을 각각 초래했다. 이것은 왜 그런가? 거기에는 어떤 역사적 동기와 역학이 작용하는가?

이 질문이 나오자 뒤에 앉아 있던 나는 가벼운 흥분을 느꼈다. 왜냐하면 그것은 나 자신도 오랫동안 생각해 오던 중요한 사학적 테마였기 때문이다. 그리고 그것은 단순한 사학적 호기심을 충족시키는 문제가 아니라 인간의 역사적 행위를 판단하고 평가하는 데에 아주 중요한 시점視點을 제공하는 것이기도 했다. 그런데 강의를 하던 교수는 "글쎄요" 하며 심드렁한 반응을 보이다가 역사에 있어서 중요한 민중혁명이 다 그렇게 된 것은 아니며 어쩌다 보면 그렇게 될 수도 있는 것이지 거기에 꼭 그렇게 되기 쉬운 무슨 원리 같은 것이 있겠느냐는 식으로 얼버무리고 말았다.

나는 그 답변에 대한 실망을 아직도 우리나라 사학계에 대한 실망으로 안고 있다. 지나친 비약이 아니냐고 할는지는 모르겠으나 설혹 비약이라 하더라도 거기에는 비약할 만한 이유가 있다고 생각한다. 나는 모든 사학교수가 그 여학생의 질문에 답변을 할 수 있어야 한다고 생각하지는 않는다. 그 질문에 답변을 하지 못할 수도 있다. 따라서 나의 실망은 단순히 그가 그 질문에 답변하지 못했기 때문은 아니다.

그러나 그날 그 교수는 민중민주주의 사학의 관점에서 우리 현대사와 지식인들의 역사의식을 가차없이 재단하고 있었는데, 그 입장이 너무나도 절대적이고 배타적이었다. 민중민주주의가 일단의 정치적, 역사적 진실을 안고 있다는 것은 말할 나위도 없는 사실이다. 그러나 모든 진실은 그것이 진실로 옹립되는 순간에 가장 위태로운 구도에 빠진다. 하나의 진실은 더 큰 진실로 가는 길을 가로막는 장벽이 될 수도 있기 때문이다. 엄밀하게 얘기하면 진실을 안고 있는 것만이 장벽도 될 수 있다. 악은 폐쇄된 선이고 선은 개발된 악이기 때문이다. 어쨌든 그날 그가 표시한 민중민주주의 사학의 배타적 관점은 그 여학생의 질문에 단지 답변을 하지 못하는 수준을 넘어 그러한 질문 자체를 원천봉쇄하고 있었다고 나는 생각한다. 그의 배타성 안에는 그 여학생의 질문이 의미 있는 것으로 자리 잡을 여지가 없었다.

그날 이후 나의 억제할 수 없는 지적 상상력은 우리 사학의 현재와 미래를 초라하게 보기 시작하였고 스물두어 살이나 될까 말까 한 그 어린 여학생의 질문은 외면당한 사학의 진정한 과제들과 함께 아직도 퇴계로 입구 어느 길거리에서 가련하게 헤매고 있는 것처럼만 생각되었다.

사학의 과제를 민중적 진실이라는 대단히 모호한 말뚝에 붙들어 매어놓는 한 역사는 결코 우리에게 그 진면목을 보여주지 않을 것이다. 실로 80년대의 열기가 썰물처럼 빠지고 난 후 우리 사학의 방향키는 겉돌고 있는 것처럼 보인다. 사학은 이제 부끄러운 줄도 모르고 재미난 소재나 찾아다니고 있다. 비단 사학뿐이랴. 온갖 방면에서 이러한 통속화가 깊숙이 진행되고 있다. 예언자는 아니지만 80년대의 단순하고 일방적인 열기 속에서 내가 진정으로 염려했던 것은 그 열기 이후의 무서운 공백을 무모한 대중성이 메울 것이라는 것이었고 그 예감은 어김없이 적중되었다.

그 어린 여학생은 그후 어떻게 사학도의 길을 걸었는지 궁금하다. 자신이 설정하였던 질문에 어떤 해답을 발견하였는지? 아니면 척박한 우리나라 사학의 풍토 속에서 그녀의 질문만한 가치도 없는 객쩍은 담론들 틈에서 이윽고 그 질문을 길어올렸던 예지마저도 메말라버리지는 않았는지?

그후 나는 폴 틸리히Paul Tillich의 철학적 자서전 『경계선에서*On the Boundary*』를 읽다가 그 여학생이 제기하였던 문제에 실마리를 제공하는 한 통찰과 마주치게 되었다. 비판과 저항에 대해 가지고 있던 나의 오랜 이중적 감정(한편으로는 기대, 한편으로는 불신)은 그의 통찰 앞에서 새로운 합일을 엮어내는 것 같았다. 다시 그 순간으로 돌아갈 수 있다면 교수의 답변에 머쓱하게 고개를 떨군 그녀에게 그 구절을 읽어주고 싶다.

만약 저항과 예언자적 비판이 프로테스탄티즘의 필연적인 요소라면 프로테스탄티즘은 이 세계 속에서 어떻게 구체화될 수 있느냐 하는 문제가 생기게 된다. 경배와 설교 및 가르침은 전달 가능한 실체적인 것의 표명을 전제로 한다. 제도상의 교회는 물론 예언자적 발언까지도 실제화될 수 있는 성육成肉된 생명인 예전적禮典的 기반을 필요로 한다.

생명은 경계선상에만 서 있을 수는 없으며 그것은 또한 반드시 그 자신의 광막함으로부터 나와서 스스로의 가장자리에 살아야 한다. 비판과 저항의 프로테스탄트적 원칙은 어쩔 수 없이 다른 것을 바루는 것이며 그 자체가 자기 확립적인 것은 아니다.

프로테스탄티즘은 예전적인 것과 예언자적인 것 및 자기 확립적인 것과 타자 시정是正적인 것 사이의 긴장 속에서 살아 있어야만 한다. 만약 이 요소들이 서로 분리된다면 전자는 타율적이 되고 후자는 공허해지고 말 것이다.

모든 정치체제는 힘을 전제하며 결과적으로 힘 있는 집단을 진제로 한다. 한 힘의 집단은 다른 관심체에 대립하는 또 하나의 관심체이기 때문에 그것은 항상 시정을 필요로 한다. 민주주의는 정치적 권위의 남용에 대해서 시정을 동참시키는 체제인 한 정당하고도 필요한 것이다. 민주주의가 권력집단의 출현을 막게 된다며 민주주의는 유지될 수 없다.

이런 예는 바이마르 공화국에서도 야기되었는데 바이마르 공화
국의 특수한 민주주의적 형태는 권력을 얻으려는 어떤 집단에 대해
서도 애초부터 그것을 불가능하게 하고 말았던 것이다. 다른 한편
권력집단에 의한 권위의 남용을 통박痛駁하는 시정적 입장은 통솔
체계를 갖추지 못하고 있다. 그 결과는 전체 국가의 노예화와 지배
계층의 붕괴이다.

믿음이라는 말의 진폭

믿는다는 말은 대단히 특이한 인식상태를 말하고 있다. 여기 책상 위에 볼펜이 있다. 이 경우 우리는 "책상 위에 볼펜이 있다"고 말하지 "책상 위에 볼펜이 있다고 믿는다"고 말하지 않는다. 왜냐하면 책상 위에는 실제 볼펜이 있고 그것은 너무 자명하기 때문이다. 너무 자명한 것에 대하여 우리는 믿는다고 말하지 않는다.

그러나 "나는 그가 한 말이 진실이라고 믿는다"는 말은 가능하다. 왜냐하면 그것은 책상 위의 볼펜과 같은 방식으로 자명한 것은 아니기 때문이다. 거기에는 그가 한 말이 거짓일 수도 있다는 가정이 비록 부정된 형태로나마 내재해 있다.

믿는다는 말은 이렇듯 다른 용어와는 달리 인간의 윤리적인 판단과 의지를 담고 있다. 그래서 이 용어는 나의 구분법에 따른다면 무생물적인 용어라기보다는 생물적인 용어다. 그중에서도 식물적인 용어라기보다는 동물적인 용어다. 믿음이라는 말은 숨을 쉴 뿐만 아니라 굶주림이 있고 목표를 향해 달리고 먼 곳을 바라볼 줄 아는 동물적 본성을 가지고 있는 것이다. 믿는다는 말은 그래서 동사고 동사 중에서도 '가다' '오다' 따위보다는 한 차원 높은 고등동사에 속한다.

그런데 이 동사는 종종 형용사가 되고 싶은 유혹에 빠지는 듯하다. '미덥다' '믿음직하다' '미쁘다'(이 말은 요즈음 거의 쓰이지 않고 있지만)가 다 그렇다. 믿음도 의미적으로 따지면 동명사라고 해야 할 텐데 사실상 동명사적인 요소를 거의 잃고 있다. 그래서 믿음이라는 것은 때때로 거두절미된 뭉툭한 몸통만으로 다가와 우리를 곤혹스럽게 만들기도 한다.

먼저 믿는다는 말의 일상적인 용례를 검토해 보자. 우리가 어떤 사람을 믿는다는 것은 무엇을 말하는가? 그것은 그 사람의 판단과 행동이 우리의 기대 범위 내에서 이루어지리라고 예상할 수 있다는 것이며 그 예상의 안정성이 높다는 것을 말한다. 따라서 믿는다는 말은 우리가 미리 설정해 놓은 어떤 기대치를 전제로 하는 것이다. 조직폭력배의 보스가 어느 조직원을 믿는다는 것이나 사랑에 빠진 사람이 연인을 믿는다는 것이나 혹은 일반적인 인간관계에서 친구나 이웃이나 동료를 믿는다는 것이 모두 같은 원리에서 이루어지고 있다.

그러므로 한 사회가 일반적으로 믿음이 있는 사회다 혹은 신뢰사회다 하는 것은 그 사회의 대부분의 구성원들이 동의하고 지향하는 사유와 행동에 관한 폭넓은 기대치가 있고 그것이 어느 정도 안정적으로 자리 잡고 있는 경우일 것이다. 말하자면 서로가 인간적인 품위를 지키고 살아가기에 필요한 최소한의 가치기준이 확보되어 있다는 뜻이다. 그것은 일종의 사회적 약속이지만 어떠한 약속보다 자연스럽게 조성된 것이고 동시에 어떠한 약속보다 강한 이행의 고리를 갖추고 있다. 다시 말해서 문화적으로 조성된 약속의 거대한 체계인 것이다.

대신 저마다 못 믿는 총체적인 불신사회는 어떤 사회일까? 그것은 대부분의 구성원들이 서로 공유할 수 있는 삶의 가치들을 지향하기보다는 공유할 수 없는 제각각의 이익을 극대화하기 위해 각축하는 사회일 것이다. 1960년대부터 우리나라는 경제재건이라는 명분 하에 국민들을 다분히 이익추구 일변도로 몰아왔다. 오늘날 우리가 맞이한 이 불신사회는 그 예정된 결과라 할 수 있다.

그 점에서 나는 한 사회의 문화석 수준이란 그 사회의 모든 구성원이 공유하는 인간이해의 폭, 다시 말해서 포괄적인 믿음의 두께를 의미하며 그 믿음의 두께는 그 사회의 한 구성원이 다른 구성원에 대하여 갖는 감정적 기초로 나타난다고 생각한다. 믿음이 비교적 두텁게 자리 잡은 사회에서는 이 감정적 기초가 관용과 호의로 나타날 것이다. 낯선 장소에서 낯선 사람을 만나더라도 가벼운 눈인사라도 할 수 있고 구체

적인 관계에 이르러서는 친절과 배려가 자연스럽게 베풀어지는 것이
그러한 사회의 일반적인 모습일 것이다.

그러나 나는 너를 모른다, 아무런 이해관계가 없다는 한 가지 이유만
으로 다른 구성원을 장승 보듯 하는 사회에서는 그런 의미의 포괄적 믿
음이 결여되어 있다. 거기에서는 무관심과 짜증 그리고 혐오가 그 사회
의 감정적 기초가 된다. 다시 말해서 저마다의 이익과 편의만이 고려되
고 있을 뿐 자아의 자연스런 확장으로서의 '우리'가 형성되어 있지 않
은 것이다.

다만 우리가 어떠한 감정적 기초를 가지고 있든 그것은 일차적으로
우리 각자의 잘잘못 탓은 아니다. 그것은 오랜 기간에 걸쳐 다수의 사
람들에 의해 형성된 것이기 때문이다. 따라서 우리가 일차적인 대인 감
정으로 무관심과 짜증과 혐오를 느낀다고 해서 지나치게 죄의식에 사
로잡힐 필요는 없을 것이다.

그러나 그것은 어디까지나 일차적으로만 그렇다는 것이다. 그러한
일차적인 감정을 토대로 구체적으로 우리의 표정과 태도를 결정하는
이차적 과정에서 우리는 우리의 모든 행위에 대하여 궁극적인 책임을
지게 된다. 그 책임 앞에서는 오랜 기간과 다수의 사람이라는 것이 아
무런 방패막이가 되지 못한다. 오히려 우리 각자는 그 오랜 기간과 다
수의 사람에 대해서도 무한책임을 지도록 모든 관련성이 역전되는 것
이 이 이차적 과정의 특징이다. 그리고 이 이차적 과정에서 우리가 우

리의 책임을 다할 때 비로소 현실은 변화를 보이게 된다. 책임과 그에 따른 용기의 수행은 모든 구성원의 마음속에 공명을 일으키고 스스로 확대 증폭되는 속성을 가지는 것이다.

이 문제와 관련하여 내게는 한 가지 강한 기억이 남아 있다. 1987년에 소위 6·29선언이 있었다. 직선제 개헌 등 당시 민주화 세력의 요구 거의 전부를 수용한 이 선언 자체는 오히려 나의 기억에 그다지 강렬하지 않다. 내 기억에 묘한 여운으로 남아 있는 것은 이 선언을 듣고 당시 민추협 공동의장으로 있던 김대중 씨가 한 다음과 같은 말이다.

"인간에 대한 신뢰를 느낀다."

나는 아직도 이 말의 뉘앙스와 울림을 기억하고 있다. 비록 6·29선언이라는 것이 민주화의 줄기찬 요구에 직면하여 취해진 수동적 조치에 불과한데나 그 드라마틱한 과정이 4년 후 각본으로 밝혀짐에 따라 그 정치적, 사회적 의미가 희석된 것은 사실이지만 어쨌든 여기서 문제 삼는 것은 6·29선언 자체가 아니라 한 정치가가 그 상황에서 토로한 한마디 말의 의미다.

인간에 대한 신뢰를 느낀다—이 말은 노태우라는 한 인간에 대해 신뢰를 느낀다는 뜻은 아닐 것이다. 물론 그가 배제되어 있는 것은 아니고 오히려 중요한 역할로 개입해 있지만 그럼에도 이 신뢰의 대상은 어디까지나 보편적인 '인간'이다. 내가 이 말에 분석적으로 접근하는 것은 김대중 씨가 이 말에 무슨 대단한 철학적 의미를 부여해서가 아니다. 단지 그는 당시 중요한 정치적 위치에 있었기 때문에 이 뜻밖의 선언 앞에서 남다른 감회를 가질 수 있었을 것이고 따라서 이 말은 그 감회를 충실히 반영하고 있었음에 틀림없다. 이 말이 나온 배경의 감회를 더 부연한다면 아마 이렇지는 않을까?

우리는 민주적인 사회를 건설하겠다는 꿈을 놓치지 않고 키워왔다. 국민 대다수는 절망보다는 희망을 가지고 현 정권의 거짓된 논리에 넘어가지 않고 진실을 수호하기 위해 투쟁했다. 그리고 그러한 노력의 진실성은 그동안 그것을 거부해 오던 정치적 기득권자마저 받아들이지 않을 수 없는 단계에 이르렀다. 우리는 오늘 하나의 결론에 이르렀다. 우리가 수호하려는 가치에 대하여 오늘 비로소 합의가 이루어졌다. 그리고 무엇보다 우리는 오늘 모든 인간이 진실을 위해 결단을 내릴 수 있는 용기와 진심을 가지고 있다는 것을 확인하였다. 이 사태에 임하여 나는 인간에 대한 신뢰를 느낀다.

너무 미화하였는지는 모르겠지만 아마 이런 정도의 논리가 한줄기 감정으로 그의 흉중에 흘렀을 것이다. 이 말은 한 사회에 있어서 믿음이라는 것이 어떻게 이루어지고 어떻게 사회적 기초로서 역할하는지를 잘 보여주는 한 사례라고 생각한다. 만약 그 드라마가 정말로 멋진 정치 역정의 한 단면이었더라면, 또 우리에게 그런 신뢰를 느낄 수 있는 정치적, 사회적 기회가 좀 더 많이 주어졌더라면 우리는 지금쯤 우리 존재의 저변에서 보료와도 같은 편안한 기초, 모든 사람들이 공유함으로써 서로의 눈빛만 보아도 확인할 수 있는 삶의 기초를 가질 수 있지 않았을까 하는 것이다.

세월은 점점 각박해지는 것 같고 그 증거처럼 내가 내 이웃에게 보내는 이 눈길이 아무것도 담지 못하고 그저 피로에 지쳐 있지만 우리는 그 꿈을 놓치지 말아야 할 것이다. 그것이 비록 찬연히 피어오르는 꿈이 아니라 그저 뜬눈으로 그려보는 부질없는 백일몽에 그친다 할지라도.

통일은 서로 눈치 보고
간섭하는 것이다

1981년에 나는 어떤 북한 전문가가 행한 한 강연에서 "어쩌면 여러분들의 생애 내에 완전한 통일을 보는 것은 어려울는지도 모르겠다. 그러나 여러분들의 생애 내에 금강산 구경을 가는 것은 그다지 어려운 일이 아니라고 본다"는 이야기를 듣고 반신반의한 적이 있었다. 불과 20년도 지나지 않아 이제는 평양이나 원산은 못 가지만 금강산만큼은 돈만 있으면 얼마든지 갈 수 있는 곳이 되었다.

김대중 대통령의 평양 방문 이래 남북 간의 교류 접촉이 활발해지면서 북한 측은 남측 정치인의 발언이나 언론 보도를 가지고 날카로운 반응을 보이는 경우가 잦아지고 있다. 정부는 이런 문제가 불거지는 것을 피하기 위해 여러 가지 사전사후 조치를 취하고 있는 듯하다. 장충식

대한적십자사 총재의 『월간조선』 인터뷰로 야기된 문제라든가 그로 인해 이산가족 방문기간 중에 장 총재가 일본으로 몸을 피한 것은 그 대표적인 예가 아닌가 한다. 이 때문에 보수진영은 집권당을 "노동당 2중대"로 비난하기도 하고 우리가 언제부터 이북정권의 눈치를 보게 되었느냐고 격렬히 성토하기도 한다.

작은 문제에 구애되지 말고 도대체 우리가 통일을 하자는 것은 구체적으로 무엇을 어떻게 하자는 것인지를 생각해 볼 필요가 있다. 단도직입적으로 말했을 때 통일은 남과 북이 서로 나뉘어 살지 말고 같이 살자는 것이 아닌가 한다. 그러나 같이 산다는 것은 무엇인가? 개인의 삶이나 민족의 삶이나 다 사람이 엮어내는 삶이라면 그것은 서로 얽히고 설키면서 서로의 발등을 밟고 서로의 등을 긁어주고 또 때로는 서로 탓도 하고 서로 의지도 하는 그런 것이 아닌가 한다.

그렇다면 우리 언론이 북한 측에서 보면 어떻게 생각할까 하는 것을 미리 예상해서 그에 따라 보도와 논평의 수위를 조절하는 것은 구태여 탓을 하자면 눈치를 보는 것이 틀림없다. 그러나 그렇게 눈치를 본다는 것은 남북관계가 진일보하여 느슨하나마 남북을 함께 규율하는 새 질서가 보이지 않게 형성되어가고 있음을 말해 주는 것이 아닌가 한다. 우리가 그럴진대 북쪽은 그렇지 않겠는가? 거기서도 '군부가 반대한다'든가 '인민들이 승복하지 않을 것'이라는 말이 가감 없이 들리고 있지 않은가.

남과 북이 눈치 보지 않고 서로 막말을 해대던 세월과 비교해 보자. 이제 상대방의 감정을 상하게 할까봐 서로 눈치를 보고 조심을 한다면, 나는 비록 DMZ가 그대로 있고 남북이 독립국가의 모습을 그대로 갖추고 있지만 한 5퍼센트 정도는 이미 통일이 되었다고 생각한다. 솔직히 말해서 장 총재가 말을 가볍게 하여 일본으로 출국까지 하는 것을 볼 때 나는 안타까운 느낌도 들었지만 남북관계가 과연 이렇게 서로의 눈치를 볼 정도로까지 진전하였는가 하는 감회에서 남북정상회담을 지켜볼 때와는 또 다른 의미에서 가슴이 뭉클해지는 것을 느꼈다.

통일지수를 산출해야 한다는 말에 나는 전적으로 동의한다. 정치적 군사적 통일이 완성되더라도 서로에 대하여 적개심을 풀지 않는다면 그것은 아직도 진정한 통일이라 할 수 없을 것이다. 반대로 외형상 완벽한 통일은 아니지만 서로에 대하여 지킬 것을 지키려는 의지와 이해가 있다면 어쩌면 전자보다 질적으로 더 높은 지수의 통일이 될 수 있지 않을까 한다. 공화국 연방제라든가 느슨한 단계의 통일이 구체적으로 언급되는 것을 보면 어쩌면 그런 통일에 대한 이해가 현실적으로 수용되고 있는 것처럼 보인다.

다시 말하지만 통일을 하자는 것은 좋은 의미에서 서로 눈치를 보고 서로 간섭을 하자는 것이다. 눈치도 보지 말고 간섭도 받지 않으려

면 통일을 하지 않으면 된다. 통일은 거저 되는 것이 아니다. 몇백 조인
가 하는 통일비용보다 더 큰 무게로 요구되는 것은 서로에 대한 무한한
인내와 이해이고 우리가 그들을 형제로 맞겠다는, 또 그들의 형제가 되
겠다는 마음의 성숙된 자세다. 금강산을 가는 것은 돈만 있으면 가능할
는지 모르지만 평양까지, 원산까지, 또 그들의 형제의 자리에까지 가는
것은 돈만 가지고는 어림없는 것이다.

 통일은 지금까지 대한민국을 보아오던 시야보다 더 넓은 시야를 필
요로 한다. 남북 간에 발생하는 눈치와 간섭을 둘러싸고 그것을 긍정적
으로 보아야 하는 것은 우리가 분단을 지향하지 않고 통일을 지향하는
한 너무나도 당연한 것이다. 이 당연한 시각이 어쩐 일인지 당연하게
받아들여지지 않고 있는 것 같아 문외한이지만 답답한 마음에서 한마
디 해보는 것이다.

고요한
시간

고요한 시간

도회지에서 살다 보면 조용한 장소에서 조용한 시간을 갖기가 쉬운
일이 아니다. 세상이 정신없이 돌아가느라 요즈음은 시골에 가더라도
웬만한 곳은 다 차소리, 각종 기계소리로 오염이 되어 있다. 오래 전에
누가 어느 야산 기슭에 있는, 민가를 개조한 식당에서 닭고기를 사주겠
다고 해서 따라간 적이 있었다. 거기서 참으로 오랜만에 완전한 고요를
경험하였다. 사랑채에 앉아 문을 열어놓고 있있는데 정말이지 솔소리,
바람소리마저 들리지 않는 완전한 고요였다. 그 순간은 누가 바늘을 떨
어뜨렸어도 또렷이 들렸을 것이다.

"들어봐. 아무 소리도 들리지 않지?"

일행은 신기하단 듯한 내 말에 동의는 했지만 그게 뭐 어쨌다는 거냐 하는 표정이었다. 그래도 내게는 그 순간이 두고두고 참으로 신기하고 특별한 경험으로 남았다. 그리고 일상생활의 공간에서 이런 저런 소음에 시달리다 보면 그때의 그 절대 고요를 다시 한번 느껴보고 싶다는 생각을 종종 하게 된다.

그러나 역시 고요의 문제는 이렇게 데시벨로 측정될 수 있는 물리학적 차원의 문제는 아닌 것 같다. 아무리 시끄러운 세상이지만 조용한 장소와 조용한 시간을 구태여 찾자면 찾을 수 없는 것은 아닐 것이다. 그러나 그런 장소와 시간을 찾으면 뭐할 것인가? 그 조용함은 이미 삶의 전체성에 건전하게 관계하는 조용함이 아니라 세상 훤화喧譁에 연루된, 아무런 역동적 의미를 지니지 못한 소외된 부분일 것이다.

옛날에는 그렇지 않았다. 조금 나이가 드신 분들, 산업화 이전에 전깃불이 금쪽같이 귀하던 시절을 기억하는 분들은 옛날의 밤이라는 시간이 어떤 고요와 깊이로 다가왔는지 회상할 수 있을 것이다. 그때는 밤이 고요하고 깊다는 것이 단순한 수사가 아니었다. 그때의 밤은 천장에서 쥐가 다니는 시간, 야경꾼의 딱따기 소리가 인적 없는 골목길과 전봇대에 차갑게 반향하는 시간, 도둑들의 발자국 소리가 들릴 듯한 시간, 어쩌다 켠 라디오에서 평양발 전문이 조마조마하게 들리는 시간, 이불깃이나 옆에 누운 사람의 내복이 따뜻하게 느껴지는 시간, 그리고 무엇보다 그 고요한 시간과 공간이 일상의 시공을 벗어나 멀고 아득한 우주 속으로 이어지는 듯한 저 무량無量한 느낌에 젖어드는 시간이었다. 오늘날은 그러한 느낌이 원천적으로 확보되지 않고 있다.

그래서 그런지 요즈음은 조용하다는 말은 쓰이고 있지만 고요하다는 말은 잘 쓰이지 않고 있다. 말뜻에 분석적으로 접근해 보더라도 조용하다는 말의 중심은 시끄럽다는 쪽에 있고 그에 대한 부정에서 어의가 성립하는 듯하다. 그러나 고요하다는 말은 고요 자체에 중심이 부여되어 있다. 그래서 단지 시끄럽지 않다는 소극적 의미가 아니라 무언가 적극적이고 능동적인 의미를 가지고 있다. 고요의 순간은 바깥에 쏠려 있던 우리의 의식이 온전히 회수되는 순간이며 의식이 일상적인 무언가에로 치닫지 않고 그 발원지 근처에 무거운 안개처럼 머무는 순간, 그래서 제 자신을 좀 더 낯설게 의식하는 순간이다. 고요함 속에서 우리는 아무것도 듣지 않는 것이 아니라 오히려 무언가를 듣고 있다. 그것은 미세하게 가물거리면서 말을 걸어오는 존재의 소리다. 그래서 고요함 속에서 우리의 귀는 문을 닫는 것이 아니라 오히려 더 크게 열린다. 오늘날은 이런 체험 자체가 점점 불가능해지고 있고 그래서 고요라는 말 자체도 사멸해 가는 과정에 있는 것 같다.

고요는 밤에만 있었던 것이 아니다. 내가 어렸을 때 어머니와 사촌인 노미 누나는 곧잘 툇마루 끝에 앉아 "서거프다"는 말을 하곤 했다. 서글프다는 말의 사투리로 보이는 이 말은 서글프다는 말과는 뉘앙스를 많이 다르다. 설거지와 빨래, 집안 청소가 대충 끝난 시간, 아직 오종午鍾이 불기 전, 마지막 빨래를 빨랫줄에 걸고 바지랑대로 받쳐 올리고 나면 툇마루에 오전 볕이 따스하게 드는 시간이 온다. 이제 일도 끝나고 잠시 손이 쉬는 고요한 시간, 따뜻한 봄볕이 장독을 달구고, 혹은 가을 날이면 바지랑대 끝에 빨간 고추잠자리가 앉을 듯 말 듯 맴도는 모습을 넋 놓고 바라보는 그런 시간에 어머니와 노미 누나는 곧잘 이 "서거프다"는 말을 했던 것이다.

그것은 무언가 한가하면서도 쓸쓸하고 그러면서도 어디에도 머무르지 못하고 서성거리는 마음의 한 순간을 가리키는 말이었다. 그 말에서는 삶의 고단함, 우리 존재의 황량함이 묻어나고 있었다. 그것은 일상적인 모든 관심을 거두어들임으로써 잠시 외로 된 우리 존재의 쓸쓸한 실체를 의식했을 때 나오는 말이다. 그 순간은 우리의 의식이 크게 확장되는 순간이다. 그 고요한 순간에 우리의 의식은 잠시 존재의 뿌리에 닿고 삶의 근원에 닿는다.

이 고요를 우리 시대는 잃어가고 있다. 그래서 의식이 존재나 삶에 총체적으로 접근하는 길도 대부분 막히고 말았다. 의식은 항상 이것 또는 저것에로 향하고 있다. 의식이 스스로를 돌아보고 그리하여 전체를 돌아보는 일은 희귀한 일, 드물게만 발생하는 일이 되었다. 아니 그런 순간이 있기는 하지만 우리는 대체로 그런 순간을 견뎌내지 못한다. 우리는 그런 순간이 다가오면 그것의 의미를 미처 깨닫기도 전에 텔레비전을 켜거나 인터넷 접속을 하거나 잠을 자버린다. 고요 속에서 미세하게 가물거리는 속삭임에 귀를 기울이기를 우리의 의식은 이미 두려워하고 있는 것이다. 우리의 존재는 늘 이것 또는 저것에만 관련되는 데에 길들여져 그러한 것들로부터 멀어지는 것을 공무空無의 낭떠러지로 떨어지기나 하는 것처럼 여기고 있다. 말하자면 의식의 물화物化, 존재의 물화가 깊숙이 진행되고 있는 것이다.

유대인들이 안식일을 만들었듯이 일주일에 한 번씩, 안 되면 한 달에 한 번만이라도 고요의 날을 만들어서 지내보면 어떨까? 그날은 텔레비전도 켜지 않고 컴퓨터도 켜지 않고 그렇다고 해서 낮잠도 자지 않고 마누라들은 바가지를 긁지 않고 거리에서는 차들도 쉬고 전철도 다니지 않고 포클레인도 고개를 처박고 단지 애기들 우는 것과 바람에 문풍지 떠는 것만 허용하면 어떨까? 아마 매우 생산적인 과정이 되어 사람들의 눈이 훨씬 맑아질 깃이라고 나는 확신한다. 어쩌면 안식일을 만든 취지도 그 비슷한 어름에 있었는지도 모르겠다.

그러나 그게 불가능하니 대안은 우리 각자의 노력 속에서 찾는 수밖에 없다. 나는 이 소란한 세상 속에서 우리가 정신의 힘으로 그 고요를 얼마만큼이라도 회복시키는 것을 생각해 본다. 현실적으로 가능한 것은 그것뿐이 아닌가 한다. 옛말에도 진짜 참선은 행선行禪이라 했고 진짜 은자隱者는 시정市井에 숨는다고 했으니 말이다. 사실 누구라도 그런 고요를 조금씩은 만들고 있고 알게 모르게 그 고요를 통해 영혼이 숨을 쉬고 있다고 볼 수도 있다. 골똘히 생각에 잠기는 일은 누구에게나 있는 일이다. 누가 불러도 모르고 전철에서 다음 역 안내방송을 놓치고 네거리에서 파란불이 들어왔음에도 우두커니 서 있는 일은 결코 나만의 일은 아닐 것이다.

그러나 그 고요를 의미 있게 간직하기 위해서는 그에 따른 특별한 의식이 있어야 한다. 밀사가 스스로를 남다르게 의식하는 것은 그가 밀명을 가지고 있다는 것을 자각하고 있기 때문이다. 우리가 확보하는 고요에는 삶의 밀명이 있다. 그 밀명을 전혀 깨닫지 못하거나 잘못 해석하면 고요는 부질없이 어른거리는 삶의 한 조각 음영에 지나지 않게 된다.

그것을 깨닫는 것은 어떤 의식적 노력에 의한 것은 아닌 것 같다. 구태여 말하자면 그것은 능동적인 것이라기보다는 고요 그 자체에 귀를 기울이는 소극적 성실성 같은 것이라 생각된다. 의식을 맑게 하고 귀를 기울이면 고요함 가운데에서 전해 오는 존재의 소리를 들을 수 있다. 그것은 고요가 우리의 초라하고 어리석은 삶을 스치고 지나가는 소리다. 마치 나뭇가지에 이는 조그마한 소리가 보이지 않는 바람을 의식하게 하고 또 바람 속에 선 마른 나뭇가지를 더 새롭게 의식하게 하는 것과 같다. 그것이 무슨 특별한 사람의 특별한 능력에서만 가능한 것이라고는 생각하지 않는다. 오늘날의 속악함이 그것을 매우 어렵게 만든 것

은 사실이지만 한때 그것은 툇마루 끝의 어머니와 노미 누나에게도 가
능했던 일이기 때문이다.

음악은 흐른다

초등학교를 졸업하고 중학교에 입학하였을 때 내가 느낀 가장 큰 변화는 음악이 달라졌다는 것이었다. 다른 과목은 단지 수준이 더 높아졌다는 정도에 지나지 않았고 영어라는 과목이 추가되었지만 아직 스펠링이나 배우고 'I am a boy' 따위나 배우다 보니 생각보다 특별한 느낌을 주지는 못했던 것 같다.

그러나 음악은 달랐다. 그것은 새로운 세계의 전개였다. 〈낮에 나온 반달〉이라든가 〈따오기〉 등등의 노래를 배우다 어느 날 갑자기 배우게 된 〈스와니 강〉이라든지 〈매기의 추억〉, 〈오! 스잔나〉 등등은 말 그대로 새로운 한 세계가 열리는 경험이었다. 그 새 음악이 주는 이국적인 느낌은 너무나도 매혹적이어서 어린 영혼을 사로잡기에 충분했다.

나는 지금도 〈아! 목동아〉를 배우던 첫 음악시간을 기억한다. 초등학교 교실보다 천장이 두 배는 높아 보이던, 사방이 온통 하얀 음악실에서 나는 정말로 꿈같은 새 세상을 만나고 있었다.

　　"아 목동들의 피리소리들은 산골짝마다 울려나오고, 여름은 가고
　　꽃은 떨어지니 너도 가고 또 나도 가야지……."

하굣길에서 나는 얼마나 그 구절을 되풀이하여 읊조렸던가! 그리고 집에 돌아왔을 때 갑자기 그 선율이 생각나지 않아 안타까워하던 일 하며…….

그중에서도 포스터의 음악은 좀 더 특별한 것이었다. 나중에야 그 음악이 흑인 영가의 영향 속에서 태어났다는 것을 알았지만 포스터 음악의 아득함은 어린 영혼에 무슨 낙인처럼 남게 되었다. 그것이 나의 훗날 정신적 행로에 있어서 어떤 구체적 모습으로 전개되었는지는 알기 어려운 일이다. 다만 세월이 많이 지났지만 나는 지금도 내 흉중에서 포스터의 음악이 조성하던 그날의 강물을 다시 흘려내릴 수가 있다. 그 환하고 끝간 데 없는 아득함으로…….

내가 중학교에 들어가서 받았던 '음악을 통한 정신적 세례'는 낯선 시간, 낯선 곳의 또 다른 한 소녀의 영혼에 작용하고 있었다. 초등학교를 졸업했지만 그녀는 중학교에 쉽게 진학할 수가 없었다. 경제적으로

어려운 집안에서 9남매를 모두 교육시킨다는 것이 쉬운 일이 아니었기 때문이다. 부모들은 은근히 그녀가 진학을 포기하기를 바랐다. 그러나 그녀는 배우고 싶다는 일념으로 부모를 졸랐고 공부를 해서 우여곡절 끝에 한두 해 늦게나마 간신히 중학교에 진학하는 기쁨을 누릴 수 있었다. 그리고 내가 경험했던 것과 마찬가지로 중학교의 학습과정, 특히 음악교육이 안겨주는 저 새로운 지평의 전개라는 정신적 충격에 거침 없이 빠져들게 되었다.

그러나 세월은 순조로운 때가 아니었다. 그녀가 살았던 지역은 여순 사태의 소용돌이에 거칠게 휩쓸려들고 있었다. 살육과 공포의 나날이 지난 어느 날 학생들은 갑자기 운동장 한가운데로 소집되었다. 그리고 내용을 알 수 없는 긴 연설을 듣고 난 후 일렬로 세워졌다. 학생들은 한 사람씩 좌 또는 우로 걸어가야 하는 선택을 강요당했다.

이 소녀는 어느 쪽으로 가야 할지 알 수 없었다. 겁을 먹고 망설이는 눈에 문득 그녀가 좋아하는 학생회장 언니가 멀리 눈에 띄었다. 그녀는 그 언니가 서 있는 쪽을 선택했고 그 선택으로 말미암아 배움의 꿈을 무참하게 접지 않으면 안 되었다.

중학교 중퇴의 학력으로 그녀가 살아간 생애는 이 땅의 평범한 여성 들이 살아간 생애와 크게 다르지 않았다. 집안일을 돕다가 시집을 갔고 이남삼녀를 낳고 시집살이를 하고 아이들을 가르치고 남편을 내조하며 살았다. 경제적으로도 파란이 많아 끼니를 잇기 어려운 고비를 여러 차례 넘기기도 했다. 그러나 단 하나 그녀가 이 땅의 다른 평범한 여성들과 다른 점이 있었다면 그것은 뻗어오르던 향학열이 꺾이기 전에 잠시 그녀의 영혼에 충격을 주고 멀어져갔던 음악의 세계가 그녀를 여전히 놓지 않고 붙잡고 있었다는 점이었다. 향학열도 시들지 않았으나 불비한 여건 속에서 그녀가 그 욕구를 충족시킬 수 있는 방법은 별로 남아 있지 않았다. 다만 그녀는 집요한 노력으로 그녀가 부르고 싶었던 노래, 미처 배우지 못했던 노래를 하나씩 하나씩 배워나갔다. 그 결과 그녀는 학생애창곡집의 거의 대부분의 노래를 부를 수 있게 되었다. 덕분에 그녀의 아이들은 미처 중고등학생이 되기 전에 중고교 과정에서 배우는 노래의 대부분을 알게 되었다.

나의 경우와 마찬가지로 그녀에게 있어서 음악은 단지 음악에 그치는 것이 아니라 하나의 세계관이었다. 그녀는 음악을 통해 형성된 다분히 추상적인 세계관을 삶의 모든 영역으로 확산시켰다. 가로막힌 꿈은 그 나름대로의 뿌리를 척박한 돌 틈 사이로 뻗고 있었던 것이다. 그녀는 외국 선교사의 가족들과 사귀었고 그녀의 가정을 매우 서구적이고 개신교적인 분위기로 가꾸어나갔다. 한 소녀의 영혼에 잠시 미친 음악의 영향은 그녀의 생애 내내 삶의 주조로 이어져갔던 것이다.

노년에 이른 그녀는 지금 미국 켄터키 주의 조그마한 시골 마을에서 여생을 보내고 있다. 목회자인 그녀의 맏사위가 교단의 명에 따라 그

곳에 교회를 세우고 정착을 했기 때문이다. 말하자면 우연이지만 내게
는 그것이 우연처럼 느껴지지 않았다. 왜냐하면 그곳은 스티븐 포스터
와 특별한 인연이 있는 곳이기 때문이다. 그녀가 살고 있는 곳에서 얼
마 떨어지지 않은 곳에 포스터 기념관인 켄터키하우스가 있다. 펜실베
이니아 출신인 포스터는 친척인 로완 판사가 살고 있는 켄터키 주 베이
츠타운의 한 저택에 얼마간 기거를 했고 지금은 기념관이 된 그 집에서
저 유명한 〈켄터키 옛집My old Kentucky Home〉의 악상을 도출하였던
것이다.

내가 그녀를 방문했을 때 나는 켄터키하우스 뒤에 있는 노천극장에
서 포스터의 생애를 극으로 엮은 한 오페라를 감상할 기회가 있었다.
오페라 자체는 그다지 흥미롭지 못했다. 다만 반딧불이들이 검은 무대
뒤편을 어지럽게 나르는 광경을 물끄러미 바라보며 나는 그녀를 둘러
싼 이 삶의 우연을 생각하고 또 생각해 보았다. 비록 관절염과 고혈압
에 시달리고 있었지만 그녀는 소녀처럼 행복해 보였다. 그녀의 아담한
집과 잘 정리된 정원, 그리고 켄터키 옛집의 "저 새는 긴 날을 노래 부
를 때 옥수수는 벌써 익었다"던 가사처럼 평화롭고 광활하게 펼쳐진
루이빌의 평원을 보며 나는 자꾸만 그녀의 좌절되었던 꿈이 운명의 보
이지 않는 손길에 의해 실현된 것으로 보고 싶었다. 그리고 그것은 인
간이 어떤 종류의 것이든 어떤 내용의 것이든 그 꿈을 버리지 않고 간
직할 수 있다면 삶의 어느 모퉁이에서 그 꿈이 반드시 실현된다는 방증

처럼 내게는 자꾸만 여겨지는 것이다. 비록 새벽 단꿈에 취해 있는 그
녀의 저 막내딸은 나의 그런 생각에 어느 정도 동의해 줄는지 모르겠지
만…….

누나, 그 구원久遠의 여인상

여성은 가까운 인간관계, 특히 가족관계 안에서 자신의 존재의 의미
랄까 의의가 규정되는 정도가 남자의 경우보다 더 강하지 않나 생각한
다. 여성이 가질 수 있는 여러 역할을 생각할 때 우리는 우선 어머니,
아내, 딸, 누나, 언니 등의 여러 규정을 생각해 볼 수 있다.

여성의 이런 근접한 역할 중에서 나는 유독 누나라는 역할이 여성을
가장 아름답고 균형 잡힌 존재로 부각시킨다고 생각한다. 이를테면 유
서 깊은 역할인 어머니를 생각해 보자. 어머니로서의 여성은 어떤 의미
에서 너무 위대하여 때로는 그 무한책임성이 너무 무겁게 여겨진다. 또
집요한 생물학적 모성본능이 여성의 굴레로 작용하기도 한다. 그래서
어머니는 여성의 가장 중요한 역할이면서도 그것을 여성 자체의 전형
성으로 자리매김한다는 것은 때로는 너무 가혹한 것처럼 보인다.

그러면 아내는 어떤가? 한 남자와의 관계 속에서 규정되는 여성도 여성을 성의 굴레 안에 너무 가두게 될 위험이 있다. 한 남자 앞에서 여성은 여성으로 완성되지만 동시에 그 완성의 피각에 둘러싸이기 쉬운 것이다. 특히 오늘날 페미니즘의 이념이 되어 있는 여성의 인간성을 생각할 때 아내로서의 속성은 너무 제약된 속성으로 보인다.

딸은 또 어떨까? 아들과 마찬가지로 딸은 주로 부모에 대한 성장기적 개념이다. 아버지에 대하여, 또 어머니에 대하여 딸은 귀여운 생명력으로 있지만 그 자체가 늘 미성년을 전제하고 있다는 점에서 여성의 균형 잡힌 모습과는 거리가 있다. 귀엽고 조그맣고 나풀거리는 모습은 가정이나 성장기를 떠나서도 작용하는 여성의 한 중요한 요소이기는 하지만 아무래도 본질적인 것이라 하기는 어려울 것이다.

내가 궁극적으로 생각해 보는 누나의 모습은 이런 여러 모습의 총화라는 점에서 균형이 잡혀 있다. 남동생에 대하여 누나는 일정한 모성을 발휘한다. 그것은 모성적이면서도 어머니처럼 무한하거나 집요하지 않다. 말하자면 은은하다. 또 누나는 남동생에 대하여 이성으로서의 경험을 제공한다. 많은 남성들은 누나를 통하여 이성에 대한 체취를 맡고 이성적 세계의 훈향을 경험하는 것이다. 그리고 당연히 이 체험은 직접적인 이성관계에 비해 은근하고 절제되어 있다. 남동생은 누나에 대하여 더러 남성성을 과시하고 누나는 짐짓 이를 받아들임으로서 그의 남성성을 육성한다.

　나는 지난날 시골에서 농사를 짓는, 얼굴이 새까맣고 체구가 조그마한, 예순이 다 되어가는 외삼촌이 우리 집에만 오면 대청마루의 어머니 곁에 벌렁 누우며 "누님, 어디 찬밥이라도 좀 없는가?" 하며 버릇없는 아이처럼 굴던 모습을 기억한다. 그러면 어머니는 공연히 들뜬 기분이 되곤 했다. 어머니가 열아홉의 나이로 시집을 갈 때 엄마도 없이 혼자 자라는 남동생을 두고 떠나는 것이 하도 서러워 가마 안에서 하염없이 울었노라는 얘기를 배경으로 하고 보면 대청마루 위의 이 정경은 너무나도 자연스러운 것이 아닐 수 없다. 그리고 그 순간 예순이 다 된 늙은 남동생의 앞에서 누나로서 존재하는 어머니는 우리가 늘 인식하는 어머니와는 또 다른, 어떤 의미에서 훨씬 균제되고 가다듬어진 여성상의 한 전형이 아닐까 하고 생각해 보는 것이다.

이성異性의 세계와 어른의 세계

성장기를 통하여 나의 삶을 이끌어온 두 세계가 있었다. 그것은 이성의 세계와 어른의 세계였다. 한없이 신비하고 완전해 보이는 모습의 이 두 세계는 요원하면서도 압도적인 견인력으로 작용하는, 지난날 나의 정신적 환경이었다.

두 세계의 뚜렷한 공통점은 성장기의 나에게 있어서 각각 '나 아닌 세계'였다는 점이다. 이성의 세계는 내가 영원히 그 실체에 이를 수 없는 세계였고 어른의 세계는 언젠가는 이르겠지만 당시로서는 까마득히 멀어 보이는 세계였다.

가까운 가족 관계에서 우선 나는 이성을 좀 더 구체적으로 느껴볼 기회를 갖지 못하였다. 아버지의 압도적 권위와 4남 1녀였던 형제관계 탓에 우리 집은 남자들 중심의 투박한 생활환경을 가지고 있었다. 그 때문에 나에게 있어서 이성은 늘 담장 너머 저곳의 세계였다. 손을 뻗어 잡을 수 있는 거리 밖에 존재한다는 사실만으로도 이성은 언제나 미지적 요소를 지닌 것이었다. 특히 성장기의 영혼이 눈뜨는 성적 관심은 육체적인 것과 정신적인 것으로 나누어지지도 않는, 대단히 혼융된 그 무엇인데 그것은 아주 미미한 것 위에도 특별한 변화를 만들어내곤 했다. 이를테면 중학교에 다니던 어느 날 나는 큰형의 노트에서 철필로 여러 번 덧칠을 하여 쓴 '戀'이라는 낙서를 보았던 순간을 기억하고 있다. 그 글자가 연상시키는 모든 막연한 감각이 내 몸의 구석구석을 저려왔다. 무슨 비밀의 문을 열어젖힌 것처럼, 글자는 하나의 놀라운 세계를 내게 열어 보이고 있었다.

모든 것들은 그만치 사소했지만 결코 사소하지가 않았다. 학원 과외가 끝나고 일어설 때, 그 아이가 뒤돌아보며 흘낏 한번 주었던 눈길, 혹은 누군지도 모르는, 완행열차 통로에 서서 차창 밖의 흘러가는 산야만을 물끄러미 내다보던 어느 아이의 옆모습, 이런 사소하고 우연하고 순간적인 것들이 나의 좁은 영혼을 무한대로 확장시키는 계기들이 되곤 했다.

이성이라는 막연한 영역이 내 영혼의 내부를 헤집고 들어와 스스로의 빛으로 열어놓은 공간은 그대로 영혼 그 자체의 영지로 형성되었다. 인간에 대한 관심과 연민, 미지의 세계에 대한 동경은 명백히 이 이성의 세계와 깊숙이 관련되어 있다. 나는 12세의 단테가 만났던 베아트리체가 그의 종교적 세계관의 많은 부분에 육화되어 있다고 믿는다. 그러나 설혹 그의 세계에 베아트리체라는 실존인물이 등장하지 않았다 하더라도 그의 종교적 세계관, 특히 구원의 동기로서 이성의 세계는 여전히 중요한 역할을 하였을 것이다.

그 점에서 나는 인류역사가 보여준 최대의 정신에서도 이성에 대한 지향이 승화된 형태로 반영되어 있음에 틀림없다고 믿는다. 위대한 정신을 지나치게 성별聖別하느라 그 연계성을 부인한다면 그 정신은 더 이상 인간을 위한, 인간의 정신이 되지 못할 것이다. 위대한 정신에 있어서 이성의 세계는 초절超絶된 것이 아니라 다만 확대되고 높아진 것이라 나는 말하고 싶다.

어른의 세계에 대한 최초의 관념은 많은 부분 아버지에 대한 인상으로부터 조성되었다. 나에게 있어서 그것은 크고 완성된 세계였다. 어른은 모든 섯을 알고, 모든 것을 건디고, 모든 깃을 포용하는 경외할 존제였다. 나는 아직도 아버지와 손님들이 앉았다가 일어선 빈자리의 그 어른스런 분위기를 또렷이 기억하고 있다. 재떨이와 담뱃갑, 간단한 다과 그리고 그들이 남기고 간 어른의 체취와 낯선 대화의 여운은 그 자리를 지성소至聖所와도 같이 느껴지게 했다. 그것은 지금도 분석과 해설을 허용하지 않을 만큼 신비하고 인상적이고 또 직접적이었다.

어른의 세계가 인간의 완성으로 비치는 만큼 소년과 청년의 세계는 나에게 있어서 미숙과 미완성으로 규정되었다. 소년기의 미숙은 백일몽에 가까운 동경으로 채워졌다. 소년기 내내 나는 봄날 버들가지의 움처럼 내 자신이 바야흐로 무언가가 되어가야 할 존재임을 느끼고 있었던 것 같다. 소년기와 달리 청년기의 미숙은 지독한 자기혐오를 동반하고 있었다. 의욕은 곧잘 치기에 빠졌고 판단은 강박적이었으며 행동은 치우쳤다. 나의 젊음은 온통 부끄러움 그 자체였다. 그것은 오로지 어른의 세계라는, 이제 모든 것이 환하게 보이고, 모든 것이 이해되고, 모든 판단과 언행이 중정中正을 얻는 찬란한 한 세계에 의해서만 극복될 수 있는 것이었다.

그 때문에 나는 청춘을 하나의 특권으로만 알고 그것이 가져다주는 생명력을 구가하기에만 바쁜 소모적 청춘들이 싫었다. 나는 스스로에 대한 자기혐오와 동일선상에서 그들을 경멸했다. 그들은 자기가 곧 나뒹굴게 될 것임을 전혀 모르고 있는 '도는 팽이'와 같이 느껴졌다. 실제 나의 세상 경험은 그런 청춘들이 얼마나 쉽게 나뒹굴게 되는지를 여실히 보여주었다.

이 점에서 나는 오늘날 문화의 중심이 무작정 젊어져만 가는 것을 우려하지 않을 수 없다. 물질적 풍요의 소산이겠지만 즉물적으로 주어진 생명력에만 집착하는 이 문화현상은 명백히 위험스런 것이다. 자족적自足的인 문화는 그 폐쇄성으로 인하여 언젠가는 고갈될 수밖에 없기 때문이다. 생각하면 어른의 세계는 모든 성숙된 문명에 있어서 일정한 지향의 계기로 주어져 있었다. 그것은 폐쇄성을 방지해 주고 한 문명으로 하여금 자기가 가진 것 이상을 가지게 하는—오늘날에는 알려지지 않은, 대단히 축복받은—문화적 비의로 기능해 왔던 것이다.

세월이 흐르고 이성과 어른에 대한 나의 이 집요한 관념도 어느 정도 변화를 맞게 되었다. 이성의 세계라는 막연하고 추상적이던 세계는 오랜 결혼생활이 그 베일의 많은 부분을 벗겨내었다. 그리고 어른의 세계도 나 자신이 어느덧 기성세대가 됨에 따라 이제는 더 이상 남의 세계라고만 할 수는 없게 되었다. 그저 멀리서만 바라보던 많은 것들을 나는 가까이서 보고 느꼈다. 어떤 것들은 좋았고 또 어떤 것들은 실망스러웠다.

그러나 근본적으로는 나는 아직도 내 삶 속에 작용하고 있는 이 두 세계의 존재를 느끼고 있다. 비록 지난날과 같이 아련한 감수성으로 다가오는 것은 아니지만 아직도 이성은 나를 자극하고 아직도 어른은 내가 달하여야 할 요원한 목표로서 나의 강박적 의무감 속에 존재하고 있다. 어쩌면 세월은 나의 이성과 나의 어른을 현실의 영역에서 거두어 한층 더 이념적인 곳으로 옮겨놓았는지도 모른다. 그곳의 이성 앞에서 나는 아직도 수줍은 소년이 되고 그곳의 어른 앞에서 나는 아직도 머뭇거리는 아이가 된다. 그래서 나는 믿는다. 설혹 세월이 더 흐르더라도 내가 매순간 나를 넘어섬으로써 나를 만들어가는 이 부단한 여정이 다하지 않는 한 나의 두 세계는 언제까지나 그곳에 남아 나를 부르고 있을 것이다.

사랑의 변증법

인간관계에 있어서 서로 알고 지내는 기간이 오래되다 보면 서로에 대한 호기심이나 기대, 경탄 등이 반감되고 또 나를 상대방에게 알리고 보여주고 싶은 생각도 이완되기 쉬운 것이 보통이다.

이런 현상은 특히 부부나 연인관계에서 두드러지게 나타난다. 어떤 연구 결과에 의하면 남녀 간의 애틋한 사랑이 지속되는 생리학적 기간은 30개월 정도라고 한다. 그리고 그에 대한 설명으로는 서로 간절히 보고 싶어 하는 것, 사랑을 확인하기 위하여 애태우는 것 자체가 심리적으로 대단히 많은 에너지를 소모하는 것이기 때문에 정서적 안정을 도모하기 위하여 일종의 마취호르몬이 분비되고 그 작용에 의해 결국 감정이 냉각되는 기간이 온다는 것이다.

이것이 얼마나 과학적인 근거를 가진 이야기인지는 모르겠으나 나는 단적으로 이런 과학의 무식함을 경멸하는 편이다. 그것이 근거 없는 이야기라서 하는 말이 아니다. 그 과학적 설명에는 고민이 없고 인간에 대한 애정이 없다. 그래서 출구가 없다. 마취호르몬의 작용이 입증되었다면 어쩔 것인가? 체념을 하란 말인가? 아니면 기왕의 관계를 지속시키기 위하여 항마취호르몬이라도 투여하라는 말인가?

확실히 그런 현상은 있다. 그것은 경험상으로도 증명되는 일이다. 필연성은 모르겠지만 개연성은 있다. 그러나 마취호르몬 따위의 이론으로 접근할 일은 아니다. 설혹 그런 호르몬의 존재가 입증된다 하더라도 그것은 그 현상에 대한 동어반복밖에는 안 된다. 우리는 그런 현상에 대하여 다른 각도에서 접근해 볼 필요가 있다.

출구라는 것을 염두에 두고 접근해 보면 우리는 다음과 같은 사실을 발견할 수 있다. 무엇보다 먼저 서로 알고 지내는 기간이 오래되다 보면 자신들도 모르는 사이에 두 사람의 인간관계가 협소해지는 현상이 나타난다. 이것은 사실 대단히 중요한 문제임에도 불구하고 놓치기 쉬운 문제가 아닌가 한다. 인간은 집성集成된 존재다. 하이데거의 존재 이론을 떠나서라도 인간은 본질적으로 세계 내 존재다. 나의 모습은 세계를 배경으로 한 것이고 세계와의 관계 속에서 형성된 것이다. 그 배경과의 관계가 없으면 나도 없다.

서로를 오래 알다 보면 상대방이라는 익숙한 존재와 그 상대방을 있게 한 배경이 서로 분리되기 쉽다. 그 사람을 있게 한 모든 사회적 관계가 그 사람 안에 응축되고 매몰된다. 아니 더 나아가 그런 모든 관계가 해소되고 사라져버린다. 특히 두 사람의 관계가 평범한 결혼생활처럼 두 사람만의 관계로 단순하게 진행될 경우 그런 매몰과 해소는 더욱 촉진된다. 이를테면 아브라함 링컨이나 톨스토이는 그들의 아내들의 눈으로 볼 때 고지식하고 무뚝뚝한 존재 이외의 아무것도 아니었다. 그래서 "사랑은 서로 마주보는 것이 아니라 둘이서 한 곳을 바라보는 것"이라는 저 값싸게 회자하는 말이 결코 틀린 말은 아니다. 완전한 상호 정면응시는 결국 서로를 무화無化시킬 뿐이다.

비근한 예로 부부간의 경우도 경제적 목표나 자녀양육의 목표가 뚜렷한 기간 중에는 서로의 사랑도 이러한 현실적 필요로부터 도움을 받는다. 그러나 가정경제가 안정되거나 반대로 완전히 기대 무망하게 될 때, 거기다가 자녀들도 어느 정도 독립성을 가져 더 이상 매개 역할을 하지 못하게 될 때, 부부도 서로의 모습으로부터 아무것도 읽을 수 없는 위기를 맞기 쉽다.

이 때문에 건강한 인간관계, 건강한 애정관계에 있어서는 오히려 약간의 거리가 필요하다. 가까워지기 위해서 역설적이게도 우리는 거리를 필요로 하는 것이다. 이 거리에 의해서 시야가 확보되고 이 시야에 의해 이른바 이원시離遠視라는 것이 가능해진다. 이원시는 어떤 목표물을 볼 때 목표물에만 집중하는 것이 아니라 그 목표물의 주변을 종합적으로 바라봄으로써 오히려 목표물의 윤곽을 더 정확히 보는 방법이다. 우리는 실생활에서 그것을 다양하게 경험할 수 있다. 이를테면 배우자를 가정이 아닌 장소에서, 동료를 직장이 아닌 장소에서 보는 것만으로도 우리는 종종 다른 느낌을 받는다.

그 같은 효과의 연장선에서 훌륭한 애정 영화는 애정만을 직접 다루지 않는다. 애정만을 직접 다루면 애정이 더 잘 보이고 더 잘 부각될 것 같지만 오히려 그 반대다. 애정만을 보면 애정이 보이지 않는다. 집중하면 집중할수록 애정은 사라지고 물큰한 감정의 덩어리만 남는 것이 즉자체卽自體로서의 애정이다. 그래서 애정만을 집중적으로 다룬 영화는 대부분 삼류 영화에 그치고 있다.

성공적인 애정영화는 애정을 삶의 전체 지평에서 확보하고 있다. 이를테면 영화 〈사운드 오브 뮤직〉에서 폰 트랩 대령과 산골처녀 마리아와의 아름다운 사랑 이야기는 히틀러에 의한 오스트리아 합병이라는 역사적 긴장 가운데에서 제시되고 있다. 폰 트랩 대령의 독특한 조국애가 없었더라면 그들의 애정은 얼마나 물큰한 것이 되고 말았을까 생각해 볼 필요가 있다. 〈바람과 함께 사라지다〉나 〈닥터 지바고〉 등의 걸작들도 모두 남북전쟁이나 러시아혁명이 개입하여 주인공들의 인격과 개성을 창조하고 그것을 바탕으로 사랑이 전개되고 있는 것이다. 거기에서의 사랑은 일대일의 대응구도가 아니라 시대상황이라는 또 다른 변수와 3각구도를 이루고 있다. 상황이라는 넓은 시야에 맞추어 시선이 이원離遠될 때 사랑은 오히려 제자리와 제 모습을 찾는 것이다. 사랑은 상황이 엮어내는 구도 속에서 생명력을 얻고 들판의 풀처럼 무성하고 길게 이어지는 무엇이 된다.

그러나 실제의 삶에 있어서 무료한 일상생활은 모든 상황을 정적으로 고착시키는 역할을 한다. 그래서 세월이 만들어내는 상호간의 감정 냉각 문제는 더 복잡한 배경을 가지게 된다. 연인들 간에 서로 감정싸움을 하거나 상대방에 대한 탓을 하게 되는 것도 대부분 너무 가까워짐으로써 폐기상태에 이른 '인간적 거리'를 재확보하기 위한 본능적인 노력의 하나다. 실로 그 거리는 인간관계가 적정하게 지속되기 위해 필요로 하는 인간적 거리다.

연인이든, 부부든, 나아가 친구든 우리는 서로에 대하여 기지既知가 아닌 미지未知로 남아 있고 싶다. 왜냐하면 우리는 원래 미지이기 때문이다. 생명은 원래 미지다. 그리고 미지 속에는 알 수 없는 신성神聖이 있다. 그래서 우리는 때로 우리를 기지로 만드는 모든 인간적, 사회적 메커니즘에 맹렬히 저항한다. 모든 서로 알력하거나 다투는 연인들을 관찰해 보면 상대방이 나에게 더 이상 가까이 다가오거나 내가 상대방의 인식범위 안에 들어 당연시되는 것을 거부하는 몸짓을 발견할 수 있다. 그 집요함은 생명의 집요함이고 생명의 집요함 속에서 우리는 영원히 인간의 손아귀에 잡히지 않으려고 달아나는 신성의 뒷모습을 포착할 수 있다.

이 문제는 결국 인간적 사랑의 영원성 문제에 이어진다. 사랑이 영원하냐 하는 것은 어쩌면 너무 값싼 질문이 될 수도 있다. 만약 열에 뜬 청춘남녀들의 숨가쁜 맹세에 가닥을 맞추어 이해한다면 사랑은 결코 영원하다고 볼 수 없다.

그러나 다른 시각이 있을 수 있다. 사랑은 사랑하는 사람을 겨냥하고 있지만 동시에 그 상대방을 관통하고 있다. 이것이 사랑이 가진 본래적인 모순성이다. 그래서 인간적인 사랑의 가장 완전한 모습은 대부분 죽음과 결부되어 있다. 많은 연애소설이 순애보殉愛譜가 될 수밖에 없었던 까닭도 바로 그 때문이다. 죽음에 의하여 사랑에 영원의 이미지가 주어지지만 실로 그것은 인간적 사랑이 영원하지 않다는 것을 역설적으로 입증하는 셈이다.

그러나 사랑이 사랑하는 사람을 관통하고 있다는 것은 동시에 사랑이 본래적으로 영원한 요소를 가지고 있다는 사실을 반증하는 것이기도 하다. 사랑이 사랑하는 사람이라는 유한한 대상에 머무를 수 없다는 사실은 삶의 모순이고 동시에 삶의 신비다. 그래서 인간적 사랑이 영원한 것이냐 하는 질문도 결국은 모순된 결론에 이른다. 마치 영원성의 척도를 사용하면 사랑은 유한하고 유한성의 척도를 사용하면 사랑은 영원한 것처럼 보인다.

　프랑스의 작가 프랑수아 모리악은 사랑의 이런 성격에 주목하고 있
는 작가다. 그는 인간에 대한 사랑 안에서 영원에 대한 사랑, 신에 대한
사랑, 종교적 사랑을 본다. 그래서 그가 소묘하고 있는 인간에 대한 사
랑은 늘 쓸쓸하다. 사랑은 달콤한 것이면서도 동시에 쓸쓸한 것이다.
사랑의 쓸쓸함을 알 때 우리는 비로소 사랑을 알고 사랑의 모순성을 안
다고 할 수 있다.

　서로에 대하여 가지고 있던 관심과 열정이 사라진다는 이 쓸쓸한 일
도 우리가 시각을 가지기에 따라 아름다운 것이 될 수 있다. 시선이 목
전의 이것저것에 현혹되기 쉬운 자에게 있어서는 관심과 열정의 소멸
뿐만 아니라 관심과 열정 그 자체도 아름답지 못할 수가 있다.
　그러나 사랑의 모순, 더 나아가 인간의 모순을 보고 이해하고 그 운
명을 사랑하는 자에게 있어서는 그 모든 것이 다 아름다울 수가 있다.
　그에게 있어서 사랑이란 만해萬海의 시구처럼 만남 속에 헤어짐이 예
비뇌어 있고 헤어짐 속에 나시 만남이 예비되어 있는, 그 자체로서 결
코 끝나는 일이 없는 거대한 원환圓環을 그리면서 비로소 하나의 차원
을 더 뛰어넘어 비상하는 일이기 때문이다.

다시 태어나도 지금의 상대와
결혼하시겠습니까?

"다시 태어나도 지금의 상대와 결혼하시겠습니까?"

가끔 텔레비전을 보다 보면 부부를 출연시켜놓고 사회자가 이렇게 질문하는 경우를 보게 된다. 수년 전만 하더라도 대부분 사람들은 "예" 하고 대답했다. 그것이 본심이었을 수도 있고 차마 "아니오"라고 대답할 수 없어서 그랬을 수도 있을 것이다. 그런데 요즈음은 가끔 "아니오"라는 대답을 듣는다. 그것도 대답하는 사람이 크게 꺼리는 낯빛을 보이지 않고 그러다 보니 사회자도 별로 민망한 표정을 짓지도 않는다. 오히려 그 이유를 되묻고 당황해하는 배우자의 표정을 즐기기조차 한다.

이런 변화는 시청자들 가운데에서도 소리 없이 이루어지고 있다. 다시 태어나도 저 사람과 결혼할까? 속으로 "물론" 하는 사람들도 있을

것이고 "내가 미쳤어? 저 사람과 다시 결혼하게" 하는 사람들도 있을
것이다. 다만 출연자들의 변화처럼 시청자들의 자문자답도 모르기는
하지만 과거에 비해 어떤 당혹감이나 도덕적 자의식을 수반하는 일이
조금 더 줄어들었을 것이다.

그러나 그런 변화에 불구하고 이 물음은 시종일관 우리들에게 부부
라는 특수한 인간관계의 의미를 되돌아보게 하는 도발적 질문임이 분
명하다. "아니오"라고 또렷이 대답하는 사람의 입장은 오히려 접근하
기 쉽다. 그는 자신의 배우자에 대하여 만족하지 못하고 있고 다시 태
어나면 좀 더 잘 생긴 사람, 좀 더 부유한 사람, 좀 더 교양 있는 사람을
만나고 싶은 것이다. 그러나 다시 태어나도 저 사람과 결혼하겠다고 생
각하는 사람의 입장은 여러 가지가 있을 수 있다. 그중에는 정말로 배
우자가 마음에 들어 어쩌면 나는 나의 생애에서 저런 사람을 만나 결혼
하는 행운을 가질 수 있었을까 하는 경우도 있을 것이다. 물론 절대적
평가에서 나온 것이라기보다는 상대적 평가, 즉 내게 적합하고 나의 조
건에 질 어울린다는 측면에서 나온 것이겠지만 어쨌든 이런 부부는 참
으로 행복한 부부가 아닐 수 없다.

그러나 모든 "예"가 다 그런 경우는 아니다. 나는 내가 바람직하다고
생각하는, 그러나 현실적으로 점점 사라져가고 있는 한 경우를 연민에
의한 선택이라고 생각한다. 부부간의 감정적 기초는 연애시절의 그것
과는 다르다. 부부가 오래 살다 보면 서로를 불쌍히 여기는 연민의 감

정이 생긴다. 나는 이 감정이야말로 훨씬 정화된 감정이고 또 유장하고 깊은 생명력을 가진 감정이라고 생각한다. 이 감정에 있어서는 "내가 아니면 저 사람을 누가 돌봐주고 지켜줄 것인가" 하는 생각이 자리 잡고 있다. 거기에는 지금 내가 저 사람을 보아주듯 똑같은 눈길로 보아줄 사람은 이 세상에 나밖에 없다는 특화特化현상이 있다.

이 특화현상은 주관적인 것이고 구체적인 것이다. 부부관계도 인간관계의 하나고 따라서 거기에도 일반적인 인간관계의 법칙이 적용되고 있다. 말하자면 서로가 서로를 바라보는 눈길도 사실은 일반법칙의 구현일 뿐이다. 그럼에도 불구하고 그것은 독특하고 대체 불가능한 관계, 특정의 관계로 인식되는 것이다. 그리고 이 인식으로 인하여 부부관계는 존엄성과 신성함을 부여받는 것이다. 모든 것이 교환가치에 의해 지배되는 오늘날의 사회에서는 이러한 인식이 점점 파괴되어가고 있다. 모든 것이 소유의 대상이 되고 심지어 부부관계도 서로에 대한 소유 관계로 변질되는 세태에서 부부관계의 유일회성唯一回性은 견지되기가 어려워지는 것이다.

만약 이 말이 쉽게 와닿지 않는다면 그 대상을 배우자에서 자녀로 바꾸어 보면 좀 더 쉽게 수긍할 수 있을 것이다. "다시 태어나도 지금의 자녀를 자녀로 맞이하시겠습니까?" 아마 이 질문에는 훨씬 많은 부모들이 "예" 하고 대답할 것이다. 왜 그런가? 사실 훨씬 잘 생긴 자녀, 더 뛰어난 재능을 가진 자녀, 버릇이 더 잘 든 자녀는 얼마든지 있을 수 있다. 그러나 왜 우리는 이 못생기고, 재능도 없고 버릇없는 아이를 다음 세상에서는 제발 다른 집 아이로 태어나기를 원하지 못하는 것일까? 거기에는 부모와 자식 사이의 대체 불가능한 유일회성의 고리가 가로놓여 있고 자식을 자기 자신으로부터 분리시키지 못하는 동체성同體性이 있는 것이다.

우리는 자기 자신이 있고 그 다음에 그로부터 비롯된 가깝고 먼 온갖 관계들이 있는 것이라고 생각하기 쉽다. 그러나 실은 그렇지 않다. 그것은 동시적인 것이다. 우리는 관계 속에서 태어나고 관계 속으로 던져지며 관계 위에 존립해 있다. 관계에 앞서 자아가 선재先在해 있는 것이 아니다. 나는 곧 관계다. 그러므로 관계가 상품처럼 대체 가능해질 때 나 역시 대체 가능한 객체가 되고 만다. 주체가 아닌 나. 단지 객체로서의 나. 그것은 이 눈먼 문명의 무서운 결과가 아닐 수 없다.

나는 많은 부부들이 다시 태어나도 운명처럼 지금의 상대와 맺어지기를 원하는 그런 세상의 도래를 기다린다. 그것은 결코 미리 그려진 도덕적 청사진에 따른 것이 아니다. 그러므로 구체적인 경우에 있어서 다음 세상에서는 다시는 저런 사람을 만나지 말아야지 하고 다짐하는 사람이나 다음 세상은커녕 이 세상마저도 견디지 못하고 헤어지는 무수한 부부들을 도덕적 열등성으로 몰아넣을 생각은 추호도 없다. 남남끼리 만나는 부부의 관계는 너무나도 다양하여 때로는 이 세상 모든 인간관계의 다양성보다 더 다양해 보일 지경이다. 따라서 부부 간에 헤어지거나 서로 증오하는 것도 인간의 궁극적인 선택과 자유 안에 유보시켜 두는 것이 마땅하다. 그러나 헤어지거나 증오하는 것도 오늘날과 같은 천박한 질서 속에서 이루어지는 것이 있고 그렇지 않은 것이 있다. 그렇지 않은 헤어짐과 증오에는 여전히 인간이 살아 있다. 그렇다. 결국은 인간이 살아 있어야 한다는 이야기다. 적어도 인간이 아파트나 승용차와는 다른 원리로 취급되어야 한다는 이야기다. 그런 근본이 고려되는 세상, 인간에 대한 존중과 특화特化가 살아 있는 세상, 자본의 질서에 모든 것이 다 휩쓸리지 않는 세상에 대한 꿈을 우리가 결코 놓칠 수 없다는 이야기다.

책 앞에서

생활이 번잡스럽고 여유가 없어지면서 책을 대하는 기회가 점점 줄어드는 것 같다. 마음 한구석에 어떤 위기감 같은 것이 자리 잡는다. 도연명이 "마음이 육신에 사역함以心爲形役"을 한탄하며 차라리 고향의 전원에 돌아가기를 노래한 것은 생애의 어떤 고비에서였을까를 생각해 본다.

책을 읽는다는 것은 책과 나와의 성호적인 행위이지 나나 책 어느 일방의 행위는 아니다. 마치 마주앉은 친구와 문득 모든 대화의 길이 끊어지고 침묵이 이어지는 순간이 있듯이 책읽기에도 대화의 길이 끊어지는 기간이 있을 수 있는 것이다.

서가를 바라보고 있으면 책과 나와의 단절이 실감된다. 어떤 모퉁이에 꽂힌 일군의 책들은 펼쳐본 지 20년이 훨씬 넘은 것들이다. 그 책들

과 활발히 대화하던 때를 생각하면 이제는 그때의 대화가 저 책들의 갈
피 사이에 무기수無期囚처럼 갇혀 있는 것 같은 막막한 느낌을 받는다.

역사적으로 정평이 난 책은 다들 좋은 내용을 가지고 있을 것이지만
그것이 반드시 우리 각자에게 유익하게 다가오는 것은 아니다. 어떤 책
이 유익한 것으로 다가오는 것은 그때그때 우리의 관심과 필요에 의하
여 결정되는 것이다. 따라서 어떤 책은 그 책을 읽을 때의 우리가 그것
을 절실히 필요로 하지 않은 단계에 있었기 때문에 불행히도 우리에게
아무런 메시지도 전하지 못하는 경우가 있다.

그러고 보면 책과의 인연이란 사람과의 인연 못지않게 아름답고 특
별한 것이다. 지금 서가에서 침묵하고 있는 저 책들은 다 그런 인연 속
에서 짧게 혹은 길게 관심과 사랑을 주고받던 내 생애의 궤적들이다.
키에르케고르의 『죽음에 이르는 병』은 군복무 시절의 내 영혼을 온통
사로잡았던 책이다. 그것이 보고 싶어 저녁까지 기다릴 수 없었던 나는
아침에 황하교장敎場에 나갈 때 철모 속에 그 책(삼중당 문고본)을 넣고
나가 중대장 몰래 소나무 등걸 뒤에 숨어 그것을 읽기도 했다. 하이데
거의 『존재와 시간』은 척골 골절로 논산지구병원에 입원해 있을 때 석
고붕대로 딱딱하게 고정된 왼팔을 서가 삼아 그 위에 얹어서 보느라 석
고붕대가 반질반질 윤이 나기도 했다. 그 밖에도 니체의 『반시대적 고
찰』이나 베르자예프의 『노예냐 자유냐』, 폴 틸리히의 『종교적 상황』 등

이 책과의 인연 속에서 남다른 충격으로 다가왔던 책들이다. 이사를 다닐 적마다 곤욕을 치르면서도 누렇게 바랜 저 책들을 선뜻 버리지 못하는 것 역시 그 때문이다.

이제는 손을 뻗쳐 쉽게 잡을 수도 없는 저 코앞의 책들을 먼 풍경을 바라보듯 바라보는 나날이 오래 지속되고 있다. 그러면서도 나는 이 단절에 또 무슨 의미가 있으려니 하는 심정을 버리지 못하고 있다. 무엇이 있을까? 나 자신의 초라함에 대한 솔직한 관조 같은 것이라도 있는 것일까? 어쩌면 오래 지속된 형역形役의 세월을 도연명처럼 터놓고 자인하지 못하는 나의 부정직 외에는 아무것도 없을 것 같은 생각이 자꾸만 든다.

책 앞에서 갖는 오늘의 내 느낌이 김수영의 시 「국립도서관」에서 받았던 느낌과 비슷하다는 생각을 하며 글의 매듭을 대신하여 그 시를 옮겨본다.

국립도서관

모두들 공부하는 속에 와보면 나도 옛날에 공부하던 생각이 난다
그리고 그 당시의 시대가 지금보다 훨씬 좋았다고

누구나 어른들은 말하고 있으나

나는 그 우열을 따지고 싶지는 않다

그러나 '그때는 그때고 지금은 지금이라'고

구태여 달관하고 있는 지금의 내 마음에

샘솟아 나오려는 이 설움은 무엇인가

모독당한 과거일까

약탈된 所有權일까

그대들 어린 학도들과 나 사이에 놓여 있는

연령의 넘지 못할 차이일까……

전쟁의 모든 파괴 속에서

不死鳥같이 살아난 너의 몸뚱아리—

우주의 파편같이

혹은 혜성같이 반짝이는

무수한 잔재 속에 담겨 있는 또 이 무수한 몸뚱아리—들은

지금 무엇을 예의 연마하고 있는가

흥분할 줄 모르는 나의 생리와

방향을 가리지 않고 서 있는 書架 사이에서

도적질이나 하듯이 희끗희끗 내어다보는 저 흰 壁들은

무슨 鳥類의 시뇨屎尿와도 같다

오 죽어 있는 방대한 書冊들

너를 보는 설움은 피폐한 고향의 설움일지도 모른다
예언자가 나지 않는 거리로 窓이 난 이 도서관은
창설의 의도부터가 풍자적이었는지도 모른다

모두들 공부하는 속에 와보면 나도 옛날에 공부하던 생각이 난다

병과 의료 그리고 건강

사람에게 있어서 병이란 거의 운명적인 요소이다. 진보주의적인 시각에서 병이 의료의 발전에 의해 언젠가는 정복될 것처럼 생각하는 것은 단지 현대만이 가진 천진한 믿음에 지나지 않는다. 인류를 괴롭혀온 몇몇 질병은 과연 퇴치되기는 했지만 에이즈 같은 새로운 질병은 확산 일로에 있고 세균류에 대한 공략이 제한된 성공을 거두고 있는 이면에는 환경파괴에 기인한 생화학적 위협이 등 뒤에까지 다가와 있다.

만약 병이 거의 죽음에 필적할 만한 불가피성을 지닌다면 병에 대한 인류의 자세도 단지 의료라는 제한된 분야에 머무를 수는 없을 것이다. 세상이 과거보다 속악해져서 요즈음은 죽음마저도 하나의 사고事故에 불과한 것을 생각하면 병이 의료에 전적으로 매달려 있는 것은 어쩌면 당연한 것일지도 모른다. 그러나 루소는 현대적 의료의 초창기였던 18

세기 중엽에 이미 그의 『에밀』을 통하여 다음과 같이 말하고 있다.

육체는 영혼에 복종하기 위하여 건강해야만 한다. …… 허약한 육체는 영혼을 약하게 만든다. 그래서 의학이 권위를 갖게 된다. …… 나는 의사가 어떤 병을 고쳐주는지 알지 못한다. 그러나 의사가 대단히 위험한 병을 옮겨준다는 것을 알고 있다. 두려움, 비겁, 미신, 죽음에 대한 공포 등이 그것이다. 그들이 송장을 움직였다 한들 무엇이 대단하랴! 우리에게 필요한 것은 인간이다. 인간이 의사의 손에서 태어나는 것을 본 일이 없다. …… 그래서 나는 의학이 어떤 개인에게는 유익한 것이라는 점에는 이의가 없지만 그것이 인류에게는 유해하다는 것을 말해 둔다. …… 진정으로 용기 있는 사람을 찾을 생각이 있다면 의사가 없는 곳, 병의 결과가 어떤 것인지 알려져 있지 않은 곳, 죽음을 전혀 생각하고 있지 않는 사람들 속에서 찾으면 될 것이다. 자연 그대로의 사람은 항상 고통을 참고 조용하게 죽어간다. 처방을 주는 의사, 교훈을 주는 철학자, 설교하는 승려, 이런 자들이 인간의 마음을 비굴하게 만들고 죽음을 체념할 수 없게 만든다.

루소의 반응은 그다운 자연 회귀적 정신의 반영으로서 오늘날의 관점에서 볼 때 다소 낭만주의적인 것이 사실이지만 병에 대한 인간의 휠

씬 폭넓은 자세, 이를테면 용기라든가 의지 따위에 걸고 있는 믿음은
오늘날에도 우리를 흔연케 하는 바가 있다.

병이 단지 의료의 소관이 아니라는 것은 비단 루소에게서만 보이는
것은 아니다. 일찍이 욥은 사금파리로 온몸의 악창을 긁으며 그에게 닥
친 불행을 여호와를 아는 통로로 삼고 있다. 두보의 수많은 시들에서
신병은 또 얼마나 삶의 무구한 아름다움과 비애 속에 오롯이 조화되어
있는가! 그러한 병은 어떤 의미에서는 이미 치유된 병이었다. 실제 불
교는 병을 엄연히 삶의 사고四苦 중의 하나로 파악하고 있었지만 그것
은 연기의 진리에 의해 찬란하게 극복되는 것으로서였다.

생각하면 지난날 병에 대한 인간의 자세는 그것을 싸안는 방식이었
다고 할 수 있다. 상처와 진주의 흔한 비유가 바로 여기에 해당할 수 있
을 것이다. 말하자면 병은 삶을 완성시키고 삶에 의미와 양감量感을 주
는 삶의 한 부분이었다. 그러나 오늘날 의료는 병을 싸안는다기보다는
병에 정면 공격을 시도하고 있다. 병과는 다른 차원에서 병에 접근하는
것이 아니라 병의 차원에서 병에 접근한다. 따라서 병에 대한 공격이
성공적이든 성공적이지 않든 이미 공격행위 자체가 병을 세우고(立) 있
다. 그 결과 병과 의료는 하나의 원환을 그리게 되었고 인간은 다만 그
원환 속에 갇히는 신세가 되고 말았다.

물론 병에 대한 지난날의 자세는 현대적 의료가 발달하기 전의 어쩔
수 없는 자세가 아니었겠느냐는 말도 나올 수 있을 것이다. 결코 잘못

된 말은 아니다. 그러나 그러한 말에는 진위 여부를 떠나 알 수 없는 왜소함과 초라함이 배어 있다.

어쨌든 현대는 고대로 되돌아갈 수는 없다. 욥도 두보도 오늘날에 태어났더라면 병원 신세를 졌을 것이다. 의료도 현대를 특징짓는 기술의 한 분야로서 기술이 빚어내는 각종 부작용과 역작용을 안고 있는 것은 사실이지만 그렇다고 해서 의료에 관한 러다이트 운동이 이 문제를 해결하는 방향을 아니다.

병과 의료가 형성한 폐쇄적 체계를 타개하는 것은 그러나 반드시 불가능한 것만은 아니다. 원칙적으로 말한다면 그것은 여전히 손 가까이 있다. 알제리의 민족주의자 프란츠 파농은 "나는 몸을 지나치게 아끼는 사람을 좋아하지 않소" 하고 사르트르에게 무뚝뚝하게 말했다. 그는 백혈병에 걸려 죽음을 앞두고 있었지만 미국에 가서 입원치료를 해야 한다는 주위의 권고를 듣지 않고 죽는 순간까지 알제리의 독립을 위해 헌신했다. 중요한 것은 그가 백혈병 치료를 거부했다는 데에 있지 않다. 육신의 노예기 되기를 거부하고 오히려 그 육신을 움직여 지향하는 사명이 있었다는 것이 그를 그처럼 당당하게 했던 것이다.

흔히 "건강을 잃으면 모든 것을 잃는다. 그래서 건강이 제일이다" 하고들 말한다. 승승장구하던 정치가가, 사업가가 하루아침에 병의 습격을 받고 도중하차하는 것을 보기 때문이다. 그러나 과연 건강을 잃으면 모든 것을 잃지만 건강을 얻는다고 해서 모든 것을 얻는 것은 아니다.

따라서 '건강이 제일이다'는 말은 건강의 상실을 전제로 할 때에는 의미 있는 말이지만 건강을 전제로 할 때에는 무의미한 말이다. 그럼에도 불구하고 건강이 제일이라는 말이 널리 유포되어 있다는 것은 이 사회가 건강 위에서 추구해야 할 지향점을 가지고 있지 못하다는 것, 삶의 역동성을 잃고 있다는 것을 뜻하는지도 모른다.

결국 의료의 의의는 그것이 보호하는 건강의 의의에서 비롯되고 건강의 의의는 그를 통해 구현되는 삶의 의의에서 비롯되는 것이다. 삶이 조속粗俗해지거나 무기력해지면 건강도 맹목적이 된다. 보신탕과 사우나와 잡다한 건강식품은 오욕된 몸의 문화적 상징이다. 우리는 이 삶의 위계를 확실히 유지할 필요가 있다. 병이 들어도 건강한 삶이 있고 건강해도 병든 삶이 있다. 루소의 말처럼 영혼이 육체에 굴종할 수 없다는 것은 아무리 속된 세상이라지만 결코 포기할 수 없는 우리의 자존심이다.

취중대오 醉中大悟

　　요즈음은 만취하도록 술을 마셔본 적이 별로 없는 것 같다. 몸이 예전 같지가 않은 것도 그 한 이유지만 주변의 여건이 바뀐 것도 한몫을 하고 있다. 하긴 내가 만취하도록 마신다고 해서 무슨 대단한 술주정을 하는 스타일은 아니다. 그래서 친구들 중에는 오히려 그런 파격이 없는 것을 탓하는 친구도 있다.

　　그러나 수년 전만 하더라도 친구들과 더불어 술을 마시다 보면 어떤 단계에 이르러서는 술과 깊숙이 동화되는 듯한 단계에까지는 자주 이르곤 했다. 나는 대개 술집을 옮겨 다니지 않고 한 자리에서 초저녁부터 12시가 넘도록 마시는 체질인데 대화가 구절양장九折羊腸을 지나듯 깊어지는 어느 단계에 이르면 내가 나중에 취중대오라고 이름 붙인 기묘한 체험을 하는 경우가 더러 있었다. 그것은 어떤 재미난 주제를 끌고 가는 과정에서 도출되는 경우도 있었지만 대개는 앞에 있는 친구가 열심히 떠들어대는 이야기를 놓쳐버린 상태에서 나 혼자서 무언가에 홀린 듯 어떤 상념에 빠져 있다가 도출되는 경우가 많았다.

그것은 대개 이 세상이나 인간에 관한 어떤 판단 내지 직관 같은 것이었는데, 그 순간 나는 내가 평시에 알고자 했으나 그리하지 못했던 것을 이 취중에 이르러 문득 터득한 것 같은 기묘한 느낌을 받곤 했다. 불교에서 말하는 법열이 그럴까? 갑자기 나는 시야가 툭 터지는 듯한 느낌을 받으며 내 몸이 온전히 한 차원 위에 올라선 것 같은 희열을 느낀다.

그러나 갑갑한 것은 이튿날 술이 깨고 나면 어제 저녁에 나를 그토록 대오각성에 젖게 하였던 것이 무엇인지 도무지 생각이 나지 않는 것이었다. 내가 과연 무슨 생각에 이르렀던 것일까? 무엇이 나에게 그토록 환한 전망을 열어 보였을까? 그 전망을 다시 보고 그 희열에 다시 젖고 싶어 수없이 기억을 되살려 보지만 그 시도는 번번이 실패로 끝나고 말았다.

사실 그런 기회는 매 술자리마다 있었던 것은 아니기 때문에 나로서는 그 망각이 적이 안타까웠던 것이다. 그래서 '다음에 그런 기회가 오면 반드시 그때의 생각을 수첩에 적어두어야지' 하고 단단히 마음먹기에까지 이르렀다. 그러나 매양 그런 기회가 오면 나는 미처 적어둘 생각을 하지 못하고 이튿날에는 또 후회를 하곤 했다.

그러다가 마침내 기회가 왔다. 삼겹살이 지글지글 익는 불판 앞에서 나는 다시 저 취중대오의 습격을 받았고 마침 적어둘 생각이 났기 때문에 앞에 앉은 친구에게 양해까지 얻어가며 그 생각을 적었던 것이다. 그 이튿날은 내가 그것을 적었던 것을 생각하지 못했다. 그래서 며칠이 더 지나고 우연히 수첩을 뒤지다가 그 갈겨쓴 글을 발견하게 되었고 그래서 반색하는 마음으로 그 글을 읽어보았다.

그런데 결과는 실망이었다. 참으로 묘한 기분이 들었다. 내가 어떻게 이 정도의 생각을 아무리 술이 취한 상태이기로서니 인사불성도 아닌 상태에서 무슨 대오나 한 듯이 여길 수 있었을까 하는 부끄러운 마음이 들었다. 이것이 이렇다면 그 이전에 내가 적잖이 경험했던 더 많은 대오와 더 많은 환희가 모두 이랬단 말인가? 그 순간들이란 모두 어쭙잖은 생각들을 단지 술기운이 내게 그렇게 느끼도록 만든 것에 불과했단 말인가?

나는 당시의 술기운을 감안해 가며 다시 읽어보았지만 역시 그 글은 내가 평시에도 아무린 희열 없이 기질 수 있는 평범한 판단에 지나지 않았다. 그후 몇 차례는 더 보았지만 여전히 그것은 평범한 글이었고 나중에는 수첩에 그 글이 적혀 있다는 사실마저 부끄럽게 느껴졌다. 하긴 그렇지. 취중에 무슨 대온가. 어쩌면 역사상 그 많은 술꾼들을 사로잡아온 것이 바로 이런 술의 마술 때문이 아니었던가 하는 생각도 하게 되었다.

이젠 수첩이 바뀌어 그 글도 사라졌다. 술 먹을 기회가 줄어들었으니 이제는 대오할 일도 별로 없다. 대오할 일이 없으니 대오해서 부끄러워질 일도 없는 것이 다행이다. 그런데 얼마 전부터 나는 우리가 정말로 성취해야 할 것은 어떤 완전히 새로운 생각이 아니라 이미 생각했던 것을 더 절실하고 강도 높게 생각하는 것, 그렇게 해서 자신의 삶과 존재를 바꾸는 것이 아닌가 하는 생각을 하게 되었다. 아니 이 생각마저 사실은 내가 훨씬 젊었을 때부터 마련해 놓은 한 생각 '모든 진정한 인식은 재인식이다' 하는 생각을 요즈음 들어서 더 절실하게 생각하면서 마련된 것이다.

그렇다. 마태복음에서 예수가 역설한 저 산상수훈 같은 것은 요즈음도 웬만큼 생각이 바른 사람이라면 똑같이 할 수 있는 것이다. 적어도 외형상 비슷한 말은 할 수 있다. 그러나 그렇다고 해서 그렇게 말할 수 있는 모든 사람이 다 예수가 되는 것은 아니다. 내가 요즈음 생각하는 생각은 이렇게 평범한 것인데 사실 그게 더 절실하고 어렵다.

그래서 얼마 전부터는 나의 저 취중대오도 다시 생각하기로 하였다. 그것이 무슨 대단한 생각은 아니더라도 진지한 생각임은 틀림없고 그 진지한 생각을 중심으로 아마도 술기운에 의해서지만 어떤 집중에 빠졌던 것이라고. 그리고 어떤 생각을 그 순간에 있어서는 참으로 절실하게 느낄 수 있었던 것이라고 새로운 해석을 하게 된 것이다. 그것이 비록 허망한 취중의 일로서 평시에 되살릴 수 없다는 내 삶의 미온성이 부끄럽기는 하지만 그것은 한편으로는 내가 평시에 되살려야 하는 어떤 삶의 자세를 지시하는 암유 같은 것일지도 모른다는 생각을 다시 하게 되었던 것이다.

폐기한 수첩 속의 글도 이제 다시 생각해 본다. 역시 평범한 생각에 지나지 않지만 어쩌면 우리가 삶을 절실하게 살면 평범한 것이 아닐 수도 있다는 생각을 하면서 기억나는 대로 소개해 본다.

우리가 살고 있는 세상은 이미 성인이 태어날 수 없는 세상이다. 성인이 태어날 수 없는 세상을 사는 방법은 성인의 탄생을 기다리는 것밖에 없다. 우리는 태어날 수 없는 성인의 탄생을 끝없이 기다림으로써 우리 시대의 사명을 다하는 것이 아닐까.

역사를 넘어서

정 선생님!

해방 이후의 역사를 강만길 교수가 분단시대로 이름 붙인 것은 현대사의 모든 전개과정에 분단이라는 현실이 보편적으로 작용한다는 사실을 강조하기 위한 것이겠지요. 그 점에서 분단현실에 대한 인식은 즉물적 역사 이해에 하나의 차원을 더하는 것이라고 생각됩니다.

일제 식민지 시대도 마찬가지입니다. 식민지적 상황을 고려함이 없이 문학사나 음악사를 이야기하기는 어려울 것입니다. 다만 식민지 상황은 직접적인 것임에 반해 분단 상황은 대치상태를 통해 남과 북 각각의 역사 전개에 보이지 않게, 간접적으로 영향을 미치기 때문에 더 각별한 역사인식이 필요하다고 보겠습니다.

　그런데 우리나라의 역사인식은 아직 그 정도의 선에 머물러 있는 것 같습니다. 사실은 식민지적 상황이나 분단 상황만이 역사의 가장 저변의 여건은 아닙니다. 그것을 가장 저변의 여건으로 이해하고 그 여건과의 관계 속에서 역사의 세부적 사실들이 가지는 의미를 추적하고 드러내는 데에 만족한다면 그것은 식민지적 상황이나 분단 상황을 아직 여전히 '주어진 것', 즉 소여所與로 인식하는 것에 불과합니다. 70년대나 80년대의 사학자들이 정도의 차이는 있지만 대부분 그 선에 머물러 있었던 것 같습니다. 90년대는 잘 모르겠지만……(혹 그 정도도 안 되는 것은 아닌지).

　그 소여를 민족적 행동 내지 그 결과로, 일종의 선택으로 인식하는 것이 그 다음 단계라고 저는 봅니다. 제가 '당연한 듯이 여기는 것을 다시 절실하게 인식하는 것' 그리고 '모든 진정한 인식은 재인식'이라고만 말했지만 '절실하게 인식'하고 '재인식'하는 것에는 어떤 정도의 차이만 있는 것이 아니라 실적 변환이 따른다고 하겠습니다. 예술적 인식에서나 역사적 인식에서나 어떤 수준에 이르면 그런 변용을 보인다고 생각합니다. 윤리의 세계가 나타나는 것이지요. 예술이나 역사의 훨씬 본질적인 자리에서 우리는 윤리를 만나게 됩니다. 윤리라는 말이 혹 진부하게 느껴진다면 인간 행위의 궁극적인 최고선最高善에 대한 관심과 지향으로 바꾸어도 좋겠습니다. 인식이 거기에까지 미치지 않은 예술이나 역사는 아직 표피적인 것이라고 보겠습니다. 말하자면 나쁜 의미에서 말하는 예술주의와 역사주의의 즉물성에 빠져 있다고나 할까요?

최인훈의 『광장』은 그 세계를 유감없이 건드리고 있습니다. 분단 상황에 대한 그만한 윤리적 판단이 저는 흔치 않다고 봅니다. 이스라엘 백성이 남긴 구약의 역사를 보면 그것은 역사이지만 동시에 어마어마한 윤리의 세계입니다. 거기에서는 민족이 번성하여 영역을 넓혀가는 것이나 이민족으로부터 침략을 당해 노예가 되는 것이나 거대한 윤리의 세계에서 전개되는 필연적 사건들입니다. 이스라엘 백성들은 그 사건들의 객체가 아니라 주체들이었습니다. 예수가 당시 이스라엘의 역사적 상황을 단지 로마의 지배 하에 들어간 식민지적 상황으로만 이해했다고 생각해 보면 그는 예수가 되지 못하고 단지 벤허가 되고 말았을 것입니다.

이야기를 하다 보니 서른 안팎의 나이 때 친구들과 낯빛을 붉혀가며 격론을 벌이던 생각이 납니다. 그때에도 아마 식민지적 상황 하에서 지식인의 행동이 논제였던 것 같습니다. 다수의 친구들은 이렇게 주장했습니다.

"식민지적 상황에서는 모든 선택과 행동이 식민지라는 조건에 의

하여 제약을 받는다. 그러므로 식민지적 상황을 타개하는 데로 모든 것이 집약되어야 한다. 상정할 수 있는 그 이상의 것, 점잖고 고차원적인 것은 식민지적 상황에서는 모두 허위고 기만이다. 먼저 식민지적 상황을 타개하고 나서 그 다음에 추구해야 할 가치들이다. 말하자면 우리는 단계적으로 접근할 수밖에 없다.”

이런 논지는 자연스럽게 당시의 정치적 상황, 유신 말기나 신군부 출현기의 비민주적 정치체제를 타도하지 않으면 안 되며, 점잖고 고차원적인 것은 그 다음 문제라는 데로 이어졌습니다. 당시로서도 저는 그것은 아닌 것 같다는 생각을 확실히 가졌는데 설득력 있는 반론을 전개하지는 못했던 것 같습니다. 그 반론 중 지금 기억나는 한 가지는 이랬습니다.

“만약 그런 식으로 단계적으로 접근한다면 우리는 영원히 삶의 제2의석第二義的 과제에만 매달릴 수밖에 없을 것이다. 우리는 한 결정적 상황이 끝나면 더 본질적인 노력을 할 수 있는 더 나은 상황이 전개되리라 생각하지만 역사를 보라, 항상 그런 상황이 연속되지 않느냐.”

당시의 토론 분위기에서 이런 반론은 여지없는 융단폭격의 대상이었지요. 또 저 자신도 무언가 막연하고 방어적인 논리만 전개한 것 같아 끝나고 나서 느낌이 별로 개운치 않았던 기억이 납니다.

그러나 지금 생각해 보면 논리가 방어적이었던 것은 사실이지만 판단의 방향은 크게 빗나가지 않았다고 생각합니다. 우리가 생각하는 대단히 근본적인 상황이라는 것은 어쩌면 아주 근본적인 것은 아닐 수도 있습니다. 그리고 많은 사람들이 '점잖고 고차원적'이라고 멸시했던 것은 삶의 미온적 지향 단계에서는 정말로 장식적인 요소에 지나지 않을는지 몰라도 어떤 성실성의 단계에 이르면 우리가 근본적이라고 생각했던 것보다 더 근본적인 차원을 드러낸다고 봅니다. 그리고 당연히 그 모습도 우리가 미온적인 단계에서 보았듯이 단지 점잖고 고차원적인 그런 것은 아닙니다.

식민지 시대에서도, 분단시대에서도 인간에게 요구되는 보다 근본적인 것이 있습니다. 잠시 유보될 수도 없고, 그 우선순위가 조정될 수도 없고 인간의 생명과 더불어, 아니 그보다 더 집요하고 영원히 따라붙는 과제입니다. 식민지 상황이나 분단 상황도 어쩌면 그 과제의 한 조그만 양상이 되는지도 모릅니다. 우리가 아주 작다고 생각했던 것이 아주 크다고 생각했던 것보다 더 커지는 발상의 대전환이 거기에서 이루어집니다.

이제 그 단계에 이르면 윤리도 다시 변양됩니다. 역사가 윤리 안에서 자신의 본모습을 찾듯이 이제 윤리도 자신의 궁극에서 다시 윤리이기를 넘어서는 것입니다. 그러나 이 부분에 관해서 이야기한다는 것은 저 자신도 아직 모르고 있는 것에 대하여 이야기하는 것밖에 안 됩니다. 말하자면 늘 감도는 하나의 예감 같은 것입니다. 이 예감은 바로 그 단계에 있어서는 마치 키츠가 그의 시에서 묘사한 "억센 코르테스의 태평양 응시"처럼 확연해질 무엇이겠지요. 다만 다리엔의 봉우리에 오르지 못한 그의 부하들이 서로를 쳐다보며 무한한 억측에 싸이듯이 저는 예감에만 젖어 있습니다. 말할 나위도 없이 저 자신의 삶, 실존이 뒤따르지 못함으로 인하여 발생하는 것입니다.

'그것'이라 불리는 세계

"선비가 갈지之 자에 막힌다"는 옛말이 있다. 이 말은 비록 비유로 쓰인 것이지만 이런 비유가 가능했던 것은 실제 한문 문장을 해석하는 데에 갈지 자가 암초로 등장하는 경우가 많았기 때문이라 할 수 있다.

만 1년 전에 나는 불학몽매를 무릅쓰고 『논어』에 관한 두 권의 책(『새번역 논어』와 『논어의 발견』) 을 펴냈는데 이 책을 쓰는 과정에서 내가 절실히 느낀 것 중의 하나도 바로 이 갈지 자의 문제였다.

예를 들어보겠다. 『논어』 공야장公冶長편 제26장에는 공자가 안연顔淵, 자로子路라는 두 제자와 대화를 나누는 장면이 그려져 있다. 공자는 이들에게 "각자 자기 소망을 이야기해 보라"고 해서 그들의 소망을 듣는데 마지막에 자로가 불쑥 "그럼 선생님의 소망은 무엇입니까?" 하고 반문을 한다. 바로 여기서 공자가 저 감동적인 "老者安之, 朋友信之, 少

者懷之"라는 말을 하게 된다. 풀어 말하자면 다음과 같은 뜻이다.

> "(나의 소망은) 늙은이들은 그것을 누리고, 벗들은 그것을 믿고,
> 젊은이들은 그것을 품는 것이다."

20여 년 전 내가 처음 『논어』를 읽었을 때 이 구절에 이르러 받았던 충격적 감동을 나는 지금도 변함없이 기억하고 있다. 그리고 정말로 크나큰 말이란 이처럼 어렵지도 복잡하지도 않고 그 큰 모습 그대로 유유히 엄습해 오는 것이로구나 하고 감탄을 했던 것이다.

이 말의 핵심적인 부분이 바로 之자에 있다. '그것'이라는 이 지시대명사를 어떻게 보느냐에 따라 이 말이 천상에 올려지기도 하고 시궁창에 처박히기도 한다. 그러면 과연 '그것'이란 무엇인가? 전통적인 해석은 이 之가 각각 앞에 나오는 老者, 朋友, 少者를 의미하는 것으로 보고 있다. 즉 이 말을 "늙은이들은 편안하게 해주고 벗들은 믿음직하게 해주고 젊은이들은 품어주고 싶다"고 해석해 온 것이다. 내가 참으로 이해할 수 없는 것은 어떻게 이런 그릇된 해석이 1천여 년 혹은 2천여 년을 지속해 올 수 있었는가 하는 것이다. 나는 그 이유가 바로 '그것'에 대한 직접적인 이해의 결여 탓이라고 생각한다.

늙은이가 누리고, 벗들(장년의 공자를 둘러싼 우인들)이 믿고, 젊은이들이 품는, '동일한 실체의 그것'을 공자는 구태여 말하고 있지 않다.

다만 그것이 늙은이들에게 있어서는 누릴 만한, 장년의 벗들에게 있어서는 믿어야 할, 젊은이들에게 있어서는 품어야 할 그 무엇임을 암시하고 있을 뿐이다. 아무런 설명도 하지 않고 어떠한 개념적인 접근도 시도하지 않는 데에 공자적 추구의 뚜렷한 특징이 있다.

책이 출간되고 몇 개월이나 지났을까? 어느 날 낯모르는 한 젊은 친구로부터 전화가 걸려왔다. 그는 사서四書를 순한글판으로 내고 싶은 생각을 가지고 있는데 마침 나의 『논어』 번역이 자신이 그동안 간절히 기다리던 그런 번역이라 나의 번역을 토대로 조금 가감하여 『논어』 편을 구성하고 싶다는 의견이었다. 엄밀하게 말해서 거기에는 저작권과 판권의 문제가 걸려 있지만 나는 그의 의욕을 꺾고 싶지 않아 최소한 나의 저작권에 관한 한 문제 삼지 않기로 하고 그의 이런저런 문의와 상담에 몇 차례 응해 주었다.

그랬더니 몇 달 후 그는 제법 분량이 되는 파일 하나를 이메일로 보내왔다. 완성된 한글 『논어』 파일이었는데 거기에는 나의 번역문을 고친 내용과 그에 따른 의견, 그리고 자신의 의견에 대하여 나의 검토를 의뢰한다는 내용이 부기되어 있었다. 그것을 읽어내려 가다가 나는 다시 저 공야장편 제26장의 문제에 부딪혔다. 그는 이 장에 대하여 다음과 같이 의견을 달았다.

대명사가 가리키는 것이 문맥에 명시적으로 나와 있지 않고 불분
명한 경우에 '그것'으로 그냥 둔 것은 도대체 무슨 말인지 알 수가
없어 매우 답답했습니다. 저는 이 경우 좀 무모하다 싶더라도 문맥
상 가장 적합한 말을 반드시 찾아내야 한다고 믿습니다. 그래서 공
야장/26은 "늙은이들은 생을 누리고, 벗들은 정도를 믿고, 젊은이들
은 뜻을 품는 것이다"로 옮겨보았습니다. 『논어의 발견』의 해설을
참조한 만큼 타당하리라 봅니다. 어쨌든 이 대명사를 바로 밝혀 옮
기는 것이 저는 중요하다고 봅니다.

그는 그뿐만 아니라 이인편 제23장의 "다잡고도 그것을 잃어버리는
자는 드물다以約失之者, 鮮矣"는 말의 '그것'도 '자신'으로 치환하였고 태
백편 제10장의 "백성들은 그것에서 비롯하게 할 수는 있지만 그것을
알게 할 수는 없다民可使由之, 不可使知之"는 말의 '그것'도 '예악禮樂'으
로 명기하였다. 심지어 위영공편 제33장의 "앎이 그에 미쳤더라도 어
짊이 그것을 능히 지키지 못하면 비록 그것을 얻더라도 반드시 잃고 말
것이다"는 말의 '그것'은 무슨 근거에선지 '정사政事'와 '벼슬'로 단정하
였다.

야박한 말일지는 모르지만 그의 수정으로 인하여 공자의 말은 완전
히 생명력을 잃어버렸다. 그에게 검토 의견을 보내는 문제를 두고 며칠
동안 생각도 하고 또 실제 몇 자 끄적여보기도 했지만 나는 결국 아무

것도 보내지 못하고 말았다. 그의 수정 부분이 만만치 않게 많기도 했지만 결과적으로 그의 수정을 대부분 만류해야 하는 것이 나로서는 너무 벅차게 느껴졌기 때문이다. 다시 얼마 후 그는 어느 출판사와 교섭이 되어 연말쯤에는 출간이 가능할 것 같다는 소식을 전해 왔지만 나는 그때에도 그러냐는 정도의 말밖에 할 수 없었다.

생각하면 내가 너무 무책임했던 것이 아닌가 하는 생각도 든다. 그러나 나로서는 몇 마디 검토 의견으로 그를 설득할 자신이 없었다. 말하자면 그에게 필요한 것은 몇 마디의 조언이 아니라 내가 도움을 주기 어려운 그 자신만의 더 많은 세월과 경험 그리고 고민과 모색이라는 생각이 들었던 것이다.

그가 임의로 구체화시킨 지시대명사 '그것'은 위에서 언급한 각 장에서 모두 동일한 한 세계를 가리키고 있다. 그것은 실로 '그것'이라는 말로밖에 표현될 수 없는 운명적인 태양態樣을 지니고 있다. 실상을 말하자면 공자가 '그것'으로 표현한 세계는 우리가 우리의 목숨을 걸고 추구해 볼 만한 그 무엇이다. 아니 우리는 의식하든 의식하지 않든 이미 '그것'으로 표현된 한 세계를 찾아 헤매느라 이 생애를 살고 있는지도 모른다.

그에게 아무런 도움도 주지 못하고 말았지만 나는 그가 좀 더 많은 세월과 경험을 통하여 공야장편 제26장의 '그것'을 더 이상 답답하지 않게 받아들일 수 있는 날이 오기를 진심으로 바라고 있다. 그리고 그

날, '그것' 안에서 공유된 인식을 나누며 '그것'에 대한 우리의 어렴풋
한 인식이 비로소 믿고 누려야 할 더 큰 과제 앞에서 아직도 얼마나 초
라한 것인가 하는, 한 단계 위의 대화를 나누고 싶다.

중용의 길*

    인류 역사에 있어서 중용이라는 개념을 도출시킨 문명은 몇 가지 공통점을 가지고 있는 듯합니다. 그것은 강력한 인본주의가 아닌가 합니다. 공자와 자사의 중용사상을 도출시킨 고대 중국사회나 또 아리스토텔레스의 니코마코스 윤리학을 도출시킨 고대 그리스 사회, 대승불교의 중도中道사상을 도출시킨 불교 중흥기의 인도사회, 다양한 형태의 변증법 이론이 주창되는 현대사회가 모두 인본주의적 전통 위에 서 있습니다.

    제정사회祭政社會에서는 중용이라는 개념이 성립되지를 않습니다. 기

독교 문명처럼 초월적 존재에 대한 관심이 모든 관심의 중심이 되어 있는 사회에서도 중용이 문제가 되지 않습니다. 그런 사회에서는 오직 정통Orthodoxy과 이단Heterodoxy이 있을 뿐입니다.

중용이 문제가 되는 사회는 모두 인본주의적이고, 세속적이고, 현실주의적인 사회입니다. 우리가 아리스토텔레스의 중용론을 읽어보면 비록 그리스 사회가 고대 중국사회와 많은 차이점을 가지고 있음에도 불구하고 중용론의 기본 구도가 대단히 유사하다는 인상을 받게 됩니다. 그것은 바로 인본주의적이고 세속적인 사회라는 기본적 유사점에서 나오는 것이 아닌가 생각합니다. 대승불교 전성기의 인도사회는 그에 비해 약간 특이성이 강한 것은 사실이지만 불교사상도 엄밀하게 관찰해 보면 다양한 인도 정신 중에서는 굉장히 현실적인 사상입니다. 브라만주의가 가진 범신론적 기초와 비교해 보면 불교가 얼마나 현실적인가 하는 것을 알 수 있습니다. 그것이 불교의 독특한 존재론과 결합되면서 일종의 유무중도론有無中道論을 낳은 것이라 생각합니다. 근대 이후로 오면 중용은 진보주의 또는 관념론과 결합하여 변증법이라는 모습으로 등장합니다. 전통적인 중용과는 너무 달라 그 연관성이 쉽게 인식되지 않고 있지만 분명히 전통적인 중용과 모태를 같이 하고 있는 사상입니다.

인본주의적이고 세속적인 문화 기반이 중용과 관련된 논의를 낳는다는 말은 바꾸어 말하면 곧 인본주의적이고 세속적인 문화 기반 위에서는 그만큼 모든 현상 타개의 노력이 양단적兩端的인 구도로 나타나기 쉽다는 것을 뜻합니다. 자로편 제21장은 바로 당시 중원의 그런 풍토에 대한 공자의 예리한 지적이었다고 보며 그래서 저는 맹자의 오해를 답습한 전통적 해석을 따르지 않았던 것입니다.

저는 여기서 신학자이자 철학자인 폴 틸리히의 철학적 자서전,『경계선에서*On the Boundary*』의 서문을 소개하려 합니다.

『종교의 실현*Religiose Verwirklichung*』이라는 책의 서문에서 나는 다음과 같이 말한 적이 있다. "경계선은 앎을 얻기에는 가장 좋은 곳이다." 나의 생각들이 나의 삶에서 전개되어 나온 과정을 설명해 달라는 요청을 받을 때마다 나는 경계선의 개념이야말로 나의 인간적, 지적 발전의 전체를 보여주는 적절한 상징이라 생각했다. 거의 모든 순간마다 나는 실존의 두 갈래 가능성 사이에 서지 않을 수 없었으며 그 어느 하나에 안착할 수도 없었고 또 그 어느 하나에 순전히 반대 입장을 취할 수도 없었다. 생각한다는 것은 새로운 가능성을 받아들인다는 것을 전제로 하기 때문에 이런 입장은 사고를 위해서는 생산적이다. 그러나 그것은 삶에 있어서 어렵고도 위험한 것이며 끊임없이 결단을 요구하고 그리하여 두 갈래의 기로에서 벗어날 것을 요구한다. 이 입장과 그에 따른 긴장이 나의 운명과 나의 행적을 결정해 왔다.

그가 말하는 경계선이라는 것은 단순한 경계선이 아니라 현대사회의 모든 노력의 기묘한 양극화 현상에 임하여 그 사이에 필연적으로 그어지는 경계선을 말하는 것입니다. 물론 그는 그의 철학적 자서전에서 한 번도 중용Moderation이라는 용어를 사용한 적이 없습니다. 그러나 저는 그 자서전의 경계선Boundary 개념이 현대의 탁월한 중용론이 될 수도 있다고 보고 소개하고자 하는 것입니다. 그는 "거의 모든 순간마다 실존의 두 갈래 가능성 사이에 서지 않을 수 없었다"고 말하고 있습니다. 그는 현실과 상상 사이에, 또 이론과 실제 사이에, 타율과 자율 사이에, 신학과 철학 사이에, 루터주의와 사회주의 사이에, 그리고 관념론과 마르크스주의 사이에 그어지는 경계선에 유의했습니다. 그리고 바로 그 경계선의 어간에 참다운 지혜가 있음을 예감했던 것입니다.

우리가 중용을 이해하고 터득하는 것은 『논어』를 읽고, 『중용』을 읽고, 『니코마코스 윤리학』을 읽어서 되는 것이 아니라고 생각합니다. 오늘날 우리 사회도 역시 인본주의적이고 세속적인 사회입니다. 이 자리에 참석하신 분들께서도 지난 세월을 통하여 우리와 우리 사회의 바람직한 내일을 위하여 각고의 모색을 해오신 분들이라 생각합니다. 이 땅의 순탄치 못했던 역사는 수많은 쟁점들을 낳았고 그 대립과 모순적 상황은 우리로 하여금 암담한 모색의 길을 걷지 않을 수 없게 하였던 것입니다. 만약 그 모색이 진지하고 절실했다면 그만큼 우리는 양단적 현

상에 부딪치고 또 '그 어느 하나에 안착할 수도, 또 그 어느 하나에 순
전히 반대 입장을 취할 수도 없는' 상황에 부딪혀 보셨으리라 생각합니
다. 그렇다면 우리 역시 그것을 의식하였든 의식하지 못하였든 중용과
관련된 길에서 중심을 잡기 위해 몸부림을 쳐왔다고 할 수 있습니다.

이런 체험만이 우리에게 진정한 중용이 무엇인지를 가르쳐주는 것이
라 생각합니다. 그리고 이런 체험에 반조해 가면서 우리는 『논어』의 중
용 관련 단편들을 읽어야 하며 그럴 경우에만 우리는 2천 5백 년이라는
커다란 세월의 간격에도 불구하고 놀랄 만큼 생생한 의미로 다가오는
『논어』의 세계를 발견할 수 있을 것입니다. 감사합니다.